「名探偵《めいたんてい》シャーロック・
ホームズ」の
世界《せかい》へようこそ!

名《め》探《たん》偵《てい》 シャーロック・ホームズ

ガチョウと青《あお》い宝石《ほうせき》

Sherlock Holmes

作《さく》／コナン・ドイル

編著《へんちょ》／芦辺《あしべ》 拓《たく》　絵《え》／城咲《しろさき》 綾《あや》

Gakken

・ホームズ!!

事件《じけん》ナビ

この本《ほん》に出《で》てくる事件《じけん》を
しょうかいしよう!

世界一《せかいいち》の名探偵《めいたんてい》シャーロック・ホームズ。その活《かつ》やくを書《か》いたのが、このシリーズだ。ここでは、ホームズについて、もう少《すこ》しくわしく教《おし》えよう。

フィール!!

職業《しょくぎょう》

私立探偵《しりつたんてい》。

性格《せいかく》

いつも冷静《れいせい》。
思《おも》いたったら
すぐに行動《こうどう》する。

特技《とくぎ》

フェンシングと
ボクシング。

趣味《しゅみ》

タバコ、バイオリン、
化学《かがく》の実験《じっけん》。
毒薬《どくやく》にもくわしい。

主人公《しゅじんこう》は、シャーロック

医者《いしゃ》の仕事《しごと》をしながら、ホームズの助手《じょしゅ》をしているんだ。かれが解《かい》決《けつ》した事件《じけん》をたくさんの人《ひと》に知《し》ってもらうため、本《ほん》を書《か》いているんだけど……。次《つぎ》のページでは、ぼくの事件《じけん》メモをお見《み》せしよう。

そして、ぼくがジョン・ワトスン

これが ホームズのプロ

名前《なまえ》

シャーロック・ホームズ。

家《いえ》

イギリス・ロンドンのベーカー街《がい》221B《ビー》室《しつ》。

＊間取《まど》り図《ず》は『10歳《さい》までに読《よ》みたい名作《めいさく》ミステリーなぞの赤毛《あかげ》クラブ』にのっているよ。

身長《しんちょう》

183センチメートルくらい。

兄弟《きょうだい》

マイクロフト・ホームズ。

＊ホームズより7歳上《さいうえ》の兄《あに》で、政府《せいふ》の役人《やくにん》。頭《あたま》がいい。このシリーズにも登場《とうじょう》する……かも?

物語《ものがたり》の舞台《ぶたい》は……
のんびりとしたいなか町《まち》、
ウィンチェスター
エピソード01
ブナの木《き》館《やかた》のきょうふ
ある日《ひ》、わかい女性《じょせい》がホームズをたずねてきた。かのじょがこれからはたらく、いなか町《まち》にある館《やかた》について、不安《ふあん》があるというのだが、いったいそこに、何《なに》が……。

ホームズに、助《たす》けをもとめてきて……

ブナの木館《きやかた》ではたらきはじめて、たえられなくなったバイオレットは、下《した》の電《でん》報《ぽう》を打《う》って、ホームズをよびだしたんだ。

POST OFFICE
TELEGRAPHS

明日《あす》ノ昼《ひる》 ウィンチェスター
「ブラックスワン・ホテル」ニ来《き》テクダサイ
ドウシタライイカ コマリハテテイマス

依《い》頼《らい》人《にん》

バイオレット・ハンター

家庭教師《かていきょうし》をするためにこの町《まち》に来《き》たが、やとわれた家《いえ》“ブナの木館《きやかた》”のようすがおかしく、ホームズに相談《そうだん》をする。かしこくて、まじめな女性《じょせい》。

バイオレットからのたのみにこたえて、ぼくとホームズはすぐさま汽車《きしゃ》に乗《の》り、ウィンチェスターへ向《む》かった。

“ブナの木館《きやかた》”とは？ ここを開《ひら》くと重要《じゅうよう》なヒントが!!

美《うつく》しいいなかの風景《ふうけい》の中《なか》で

おかしな人《ひと》たち、きょうぼうな犬《いぬ》、開《あ》かないとびら……

ワトスンMEMO《メモ》

ブナ

ブナ科《か》の落葉樹木《らくようじゅもく》。木《き》の表面《ひょうめん》は少《すこ》し灰色《はいいろ》がかった白《しろ》で、なめらか。その葉《は》っぱは楕円《だえん》の形《かたち》をしている。たき木《ぎ》などに用《もち》いられるという。

電報《でんぽう》

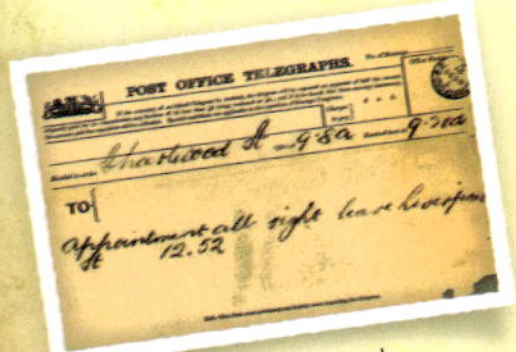

©iStockphoto / Linda Steward

電気《でんき》で信号《しんごう》を送《おく》って、メッセージを届《とど》ける仕組《しく》み。当時《とうじ》は左《ひだり》の写真《しゃしん》のようなものが、広《ひろ》く利用《りよう》されていた。1日《にち》に10回以上《かいいじょう》やりとりする家《いえ》もあったんだって。

起《お》こる、気味《きみ》の悪《わる》い出来事《できごと》!!

家庭教師《かていきょうし》のバイオレットがまきこまれた、おそろしい事件《じけん》とは!?

夜《よる》、庭《にわ》をうろつく猛犬《もうけん》!!

タンスの中《なか》のなぞの毛《け》!?

ブナの木《き》館《やかた》の人々《ひとびと》

あやしい男《おとこ》

時々《ときどき》館《やかた》の中《なか》をのぞきに来《く》る、なぞの人物《じんぶつ》。その正体《しょうたい》は?

トラー夫妻《ふさい》

館《やかた》ではたらく使用人《しようにん》の夫妻《ふさい》。夫《おっと》はらんぼうで、妻《つま》は感《かん》じが悪《わる》い。

ジェフロ・ルーカッスル

館《やかた》の主人《しゅじん》。バイオレットに、おかしなたのみごとをする。

物語《ものがたり》の舞台《ぶたい》は……
霧《きり》の大《だい》都《と》会《かい》ロンドン
エピソード02
ガチョウと青《あお》い宝《ほう》石《せき》
ホームズの元《もと》に持《も》ちこまれたのは、一羽《わ》のガチョウと、少《すこ》し古《ふる》そうなぼうし。二《ふた》つとも、とくにおかしなところは、何《なに》もないように見《み》えたのだが!?

落《お》としものは、ガチョウとぼうし!?

悪《わる》い男《おとこ》たちに、おそわれていた人《ひと》を助《たす》けたとき、道《みち》にのこされたものを拾《ひろ》い、ホームズにとどけたんだ。

依頼人《いらいにん》

べんり屋《や》 ピータースン

軍隊《ぐんたい》をやめた人《ひと》たちの組合《くみあい》で、はたらいている。拾《ひろ》ったものをどうしていいかわからず、ホームズのところへ持《も》ちこんできたのが、かれだったんだ。

パッと見《み》て、なんのおかしなところもない、ガチョウから出《で》てきたのは、宝石《ほうせき》。ここからホームズの捜査《そうさ》が始《はじ》まる!!

ホームズはどうする? ここを開《ひら》くと捜査《そうさ》のようすが!?

あやしい人物《じんぶつ》
その3

ネズミみたいな男《おとこ》

ホームズと同《おな》じように、ガチョウのことを調《しら》べている。

WANTED《ウォンテッド》!!

ブレッキンリッジ

ガチョウを売《う》っている店《みせ》の主人《しゅじん》。少《すこ》し気《き》むずかしい。

あやしい人物《じんぶつ》
その4

WANTED《ウォンテッド》!!

ホームズが、ガチョウ

ロンドン市内《しない》を、ガチョウを追《お》って か

ガチョウの行方《ゆくえ》、そして、宝石《ほうせき》との関係《かんけい》

ウィンディゲート

アルファ酒場《さかば》の主人《しゅじん》。ガチョウの仕入《しい》れ先《さき》を教《おし》える。

ヘンリー・ベーカー

ピータースンが拾《ひろ》ったぼうしの持《も》ち主《ぬし》。頭《あたま》が大《おお》きい。

をさがして大《だい》捜《そう》査《さ》!!

けまわる、ホームズとワトスン。

をどうやってつきとめるのか……?

もくじ

エピソード 01 ブナの木《き》館《やかた》のきょうふ

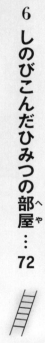

エピソード

02 ガチョウと青《あお》い宝石《ほうせき》

エピソード
01

ブナの木《き》館《やかた》のきょうふ

I　たいくつした名探偵《めいたんてい》

「どうも近《ちか》ごろは、おもしろい事件《じけん》がないね。」
ベーカー街《がい》二二一B《ビー》の部屋《へや》で、シャーロック・ホームズが、そんなことをいいだした、とある春《はる》の朝《あさ》でした。
「おもしろいといっても、見《み》た目《め》がはで*で、たくさんの人《ひと》が不幸《ふこう》になるような犯罪《はんざい》のことではないよ。ぼくがいちばん大事《だいじ》だと思《おも》っている、推理《すいり》の才能《さいのう》を生《い》かせるような事件《じけん》に、めぐりあいたいだけなんだ。」
「そういえば、きみが解決《かいけつ》した事件《じけん》の中《なか》には、犯人《はんにん》がいなかったり、警《けい》察《さつ》の出番《でばん》がなかったりするものが、いくつもあったね。事件《じけん》そのものより、解決《かいけつ》の仕方《しかた》が目新《めあたら》しくて、興味深《きょうみぶか》かったものだよ。」
ぼくがいうと、ホームズは首《くび》をふって、
「だが、そうした事件《じけん》もめっきり少《すく》なくなったよ。人間全体《にんげんぜんたい》が、という
と大《おお》げさかもしれないが、これまでだれも思《おも》いつかなかったような、
悪《わる》いことをたくらむ者《もの》など、もういないのかもしれないね。」
「そんなものかなあ。」
「そうさ。ぼくのところに来《く》る相談《そうだん》だって、近《ちか》ごろは、なくしたえんぴ
つをさがせとか、学校《がっこう》を卒業《そつぎょう》したあとは、どうしたらいいでしょう、
なんていうのばかりさ。ぼくもおちたものだよ。けさ、とどいた手紙《てがみ》
なんかは、まさにそれだ。」
そういって、ホームズが投《な》げてよこしたのは、こんな手紙《てがみ》でした。

＊はで…はなやかで目立《めだ》つこと。

シャーロック・ホームズさま
はじめまして。わたしは、今《いま》、家庭教師《かていきょうし》の仕事《しごと》を引《ひ》きうけていいものか、まよっています。ぜひ、あなたのご意見《いけん》が、うかがいたいのです。あすの朝《あさ》十時半《じはん》にまいりますので、よろしくおねがいいたします。
バイオレット・ハンター

「女《おんな》の人《ひと》だね。この人《ひと》は知《し》り合《あ》いかい。」

「いや、ぜんぜん知《し》らないね。」

ホームズが答《こた》えたとき、げんかんのベルが鳴《な》りました。時計《とけい》を見《み》ると十時半《じはん》。まもなくドアが開《あ》いて、わかい女《おんな》の人《ひと》が入《はい》ってきました。

服装《ふくそう》は地味《じみ》ですが、とてもきちんとしています。少《すこ》しそばかすがある顔《かお》は、生《い》き生《い》きとして、頭《あたま》がよさそうでした。

人《ひと》にたよらずはたらいて、一人《ひとり》で生《い》きてきたのでしょうか。たいへんしっかりしていて、きびきびした人《ひと》のように思《おも》えました。

「いきなりおじゃまして、申《もう》しわけありません。とてもきみょうなことを体験《たいけん》したのですが、相談《そうだん》できるような家族《かぞく》も、いないものですから。」

「どうぞ、おすわりなさい。ぼくでお役《やく》に立《た》てるなら、なんでもやらせてもらいますよ。」

さいしょは、こんなつまらない手紙《てがみ》、と思《おも》っていたらしいホームズでした。けれど、じっさいに会《あ》ってみて、一目《ひとめ》で相手《あいて》がまじめな人《ひと》であり、しんけんな問題《もんだい》をかかえていることを見《み》ぬいたようです。

ホームズは、女《おんな》の人《ひと》の向《む》かいにすわると目《め》をとじ、左右《さゆう》の指《ゆび》を山形《やまがた》に合《あ》わせました。それは、かれが話《はなし》に聞《き》きいるときのポーズでした。

「わたしは五年間《ねんかん》、ある軍人《ぐんじん》の家《いえ》に住《す》まわせてもらいながら、お子《こ》さんの家庭教師《かていきょうし》をしていたのですが、その方《かた》が二か月前《げつまえ》に、お仕事《しごと》のつごうで、ご家族《かぞく》そろってカナダにうつることになり、失業《しつぎょう》してしまったのです……。」

バイオレット・ハンターという女《おんな》の人《ひと》は、自分《じぶん》の身《み》に起《お》きたきみょうな出来事《できごと》を、こんなふうに語《かた》りはじめたのです――。

*地味《じみ》…ひかえめで、目立《めだ》たないようす。

2 失業《しつぎょう》した家庭教師《かていきょうし》

家庭教師《かていきょうし》を首《くび》になってしまうと、お金《かね》だけではなく、住《す》むところにもこまりますし、わたしのような女性《じょせい》がはたらける仕事《しごと》は、ほかに、あまりありません。

新聞《しんぶん》に広告《こうこく》を出《だ》したり、面接《めんせつ》を受《う》けに行《い》ったりしたのですが、はたらき口《ぐち》がぜんぜん見《み》つかりません。すっかりこまったとき、ウェストエンドにある家庭教師《かていきょうし》しょうかい所《じょ》で、きみょうな紳士《しんし》に出会《であ》ったのです。

とても太《ふと》った人《ひと》で、あごが二重《にじゅう》になって、のどまでたれさがっています。わたしは、事務室《じむしつ》の外《そと》で順番《じゅんばん》を待《ま》っていたのですが、中《なか》に入《はい》ると、

その人《ひと》がいきなりわたしを見《み》て、こういったのです。

「やあ、この人《ひと》がいい。これ以上《いじょう》ぴったりな人《ひと》は、ほかにいないでしょう。すばらしい、すばらしい！」

両手《りょうて》をこすりあわせ、気味《きみ》が悪《わる》いくらい、にこにこしながらいうのです。わたしが、あっけにとられていると、

「あなたは、家庭教師《かていきょうし》の仕事《しごと》をさがしておられるのですな？」

「え、ええ、そのためにここに来《き》ました。」

「そうでしょう、そうでしょう。それで給料《きゅうりょう》は、いくらほしいですか。」

「前《まえ》につとめていたおたくでは、月《つき》に四[*1]ポンドいただいていました。」

正直《しょうじき》にいうと、太《ふと》った紳士《しんし》はチョッチョッと、したうちしました。

「なんというひどい仕打《しう》ち[*2]じゃ。じつにけしからん！　あなたのような美人《びじん》で教養《きょうよう》のあるご婦人《ふじん》に、それでは安《やす》すぎますぞ。」

「は、はあ……。わたしが教《おし》えられるのは、フランス語《ご》とドイツ語《ご》を少々《しょうしょう》、あとは音楽《おんがく》と、絵《え》をかくことぐらいなのですが……。」

「ああ、いやいや、そんなことはどうでもよいのです。大事《だいじ》なのは、あなたにレディーとよぶにふさわしい、上品《じょうひん》さがあるかです。なんといっても、この国《くに》の未来《みらい》を背負《せお》う子《こ》どもを、教育《きょういく》するのですからな。あなたに、それができるなら、年《ねん》に百[*3]ポンドはらうつもりでおりますぞ。」

百ポンド！　これまでもらっていたお金《かね》の二倍《ばい》以《い》上《じょう》です。ほんとうなら、こんなにありがたいことはありません。ですが、あまりにいい話《はなし》すぎて、すぐには信《しん》じられず、返事《へんじ》ができませんでした。すると、太《ふと》った紳士《しんし》は、さいふを取《と》りだし、

「さあ、これは給料《きゅうりょう》の先《さき》ばらいです。うちに来《き》てもらうには、じゅんびもあるでしょうからな。ささ、えんりょせず受《う》けとってください。」

お札《さつ》を一まいぬくと、わたしにさしだしました。

あちこちのお店《みせ》で、しはらいを待《ま》ってもらっていることもあり、お金《かね》を前《まえ》もっていただければ、ほんとうに助《たす》かるのですが、でもやっぱり、おかしな気《き》がしてなりませんでした。

わたしは、もう少《すこ》したしかめておこうと、たずねました。

＊1ポンド…イギリスのお金《かね》の単位《たんい》。このころの四ポンドは、今《いま》のお金《かね》で約《やく》十万円《まんえん》。
＊2仕打《しう》ち…人《ひと》に対《たい》する、よくない態度《たいど》や行《おこな》い。＊3百ポンド…今《いま》のお金《かね》で約《やく》二百四十万円《まんえん》。

「あの、あなたのおうちは、どこにあるのでしょうか。」

「ハンプシャー[＊1]です。ウィンチェスター[＊2]の町《まち》から七、八キロはなれた『ブナの木館《きやかた》』というところです。古《ふる》いですが、見事《みごと》な建物《たてもの》ですよ。」

「そちらで、わたしは何《なに》をすればよいのでしょうか。」

「六歳《さい》のむすこの教育係《きょういくがかり》をしてほしいのです。この子《こ》が、スリッパでゴキブリをたたき殺《ころ》すところときたら、見事《みごと》なもんですよ。三びきぐらいは、いっぺんにやっつけてしまうんです。ワッハッハ！」

紳士《しんし》は、体《からだ》をそっくりかえらせ、目《め》がなくなるぐらい、顔《かお》をくしゃくしゃにしました。ゴキブリをたたき殺《ころ》すなんて、よくない遊《あそ》びだと思《おも》いましたが、じょうだんかもしれないと考《かんが》えることにしました。

＊1ハンプシャー…イギリスのロンドン南部《なんぶ》にある地域《ちいき》。
＊2ウィンチェスター…ハンプシャー州《しゅう》の都市《とし》で、政治《せいじ》や文化《ぶんか》の中心地《ちゅうしんち》。

「すると、そのぼっちゃんお一人《ひとり》を教《おし》えれば、いいのですね。」

「いやいや、ほかにもあるのです。わしの妻《つま》が、何《なに》かあなたにたのんだときには、いうことを聞《き》いてやってほしいのです。」

「わたしにお役《やく》に立《た》てることでしたら、なんでもいたしますわ。」

「まことにけっこう。たとえば、わしらが服《ふく》を出《だ》して、これを着《き》てくださいといったら、そのとおりにしてくれますかな？」

「はあ、それくらいのことでしたら。」

へんなことをいう人《ひと》だなと思《おも》いながらも、うなずきました。

「あと、『ここへすわりなさい』『今度《こんど》は、あそこへすわりなさい』などと、おねがいしたら、そのようにしてくださるかな？」

「はい、もちろん。」

「それから……わしらのところに来《く》る前《まえ》に、あなたのその髪《かみ》の毛《け》を、短《みじか》く切《き》っていただきたいのだが、これはどうですかな？」

わたしは、びっくりしてしまいました。

ごらんのとおり、わたしの髪《かみ》は、ちょっとめずらしいくり色《いろ》をしていて、人《ひと》からきれいだとほめられることも多《おお》かったのです。長《なが》い時間《じかん》をかけて、のばしたものを切《き》るなんて、思《おも》いもしませんでしたから、

「せっかくですが、それだけはできません。」

きっぱりことわりました。すると、あんな上《じょう》きげんで、にこにこしていたその人《ひと》の顔《かお》が、すーっと暗《くら》くなったではありませんか。

「これは妻《つま》のきぼうでしてな。これだけは、したがっていただかないとこまるのです。それでも、切《き》るのはいやだというのですかな？」

「はい、おことわりいたします。」

「そうですか。ならば仕方《しかた》がない。あなたなら、ぴったりだと思《おも》ったのだが、ほかの人《ひと》をさがすとしましょう。はい、さようなら。」

紳士《しんし》は、ざんねんそうにいい、わたしは事務室《じむしつ》から出《だ》されました。

こんなことで、しっぱいするとは思《おも》いませんでした。しょうかい所《じょ》の人《ひと》には「あんないいお話《はなし》をことわるなんて」と、いやみをいわれるし、さんざんでした。

そのあと、自分《じぶん》の部屋《へや》に帰《かえ》りましたが、食《た》べる物《もの》はないし、はらわなければならないお金《かね》はあるしで、急《きゅう》にさっきのことが、くやまれました。髪《かみ》の毛《け》を切《き》るくらい、たいしたことではないじゃないか。こんなわたしに年《ねん》百ポンドも出《だ》そうという人《ひと》など、いるわけがない。ああ、こんな

ことなら、ことわらなければよかった……。
そんな気持《きも》ちで何日《なんにち》かがすぎて、これはもう一度《ど》、しょうかい所《じょ》に行《い》って、おわびをし、こちらからあの人《ひと》にたのもうか――そんなふうに、思《おも》いなおしたときでした。
ひょっこりと、こんな手紙《てがみ》がとどいたのです。ほら、これです。

バイオレット・ハンターさま

家庭教師《かていきょうし》しょうかい所《じょ》で、あなたの住所《じゅうしょ》をうかがったので、お手紙《てがみ》をさしあげることにしました。

家《いえ》に帰《かえ》って、妻《つま》に相談《そうだん》したところ、あなたのことがとても気《き》に入《い》ったようです。そこで、あらためておたずねしたいのですが、わが家《や》の家庭《かてい》教師《きょうし》、引《ひ》き受《う》けていただくことはできないでしょうか。

お金《かね》は、年《ねん》百二十ポンドさしあげます。ただ、かみの毛《け》のことは、たいへんお気《き》のどくですが、やはり切《き》っていただかないと、いけません。

ほかに、あのとき申《もう》しましたように、どこにすわるかなどについては、わたしの指図《さしず》にしたがっていただかねばなりません。

あと、わたしの妻《つま》は、深《ふか》い青色《あおいろ》がたいへんすきで、朝《あさ》のうちは、この色《いろ》の服《ふく》を着《き》ていただくことになるかもしれません。

むすめのアリスは、今《いま》はアメリカにおります。かのじょが着《き》ていた服《ふく》がありますので、わざわざ買《か》わなくてもかまいません。

むすこの教育《きょういく》につきましては、すべておまかせします。とにかく、ぜひわが家《や》においでください。汽車《きしゃ》の時《じ》こくを知《し》らせてくだされば、ウィンチェスター駅《えき》までおむかえにまいります。

ブナの木館《きやかた》　ジェフロ・ルーカッスル

「なるほどね。……それで、あなたはこの手紙《てがみ》を読《よ》んで、どうしようと考《かんが》えたのですか？」

ホームズは、手紙《てがみ》から顔《かお》を上《あ》げると、たずねました。

「行《い》こうと、決心《けっしん》いたしました。」

バイオレット・ハンターというわかい女《おんな》の人《ひと》は、きっぱり答《こた》えました。

「そうですか。ならば、わざわざぼくのところへ相談《そうだん》に来《く》ることはなかったんじゃありませんか。」

ホームズは、ほほえみながらいいました。

「でも……どうしても、あなたのご意見《いけん》がうかがいたかったのです。ホームズさんは、この話《はなし》をどうお考《かんが》えになりますか。」
「正直《しょうじき》にいいますと、もし、あなたがぼくの妹《いもうと》なら、行《い》けと、すすめはしませんね。」
「それはどういう意味《いみ》でしょう、ホームズさん。」

「まだ、なんともいえませんよ。考《かんが》えるためのデータがないのですからね。でも、あなたはあなたで、お考《かんが》えがあるのではありませんか。」

「一《ひと》つだけ、考《かんが》えついたことがあるんです。ルーカッスル夫人《ふじん》──あの紳士《しんし》のおくさんは、心《こころ》を病《や》んでいるのではないでしょうか。そのせいで、長《なが》い髪《かみ》はきらいだとか、深《ふか》い青色《あおいろ》の服《ふく》でないといやだといったりするのですが、ご主人《しゅじん》としては、病院《びょういん》には入《い》れたくない。そこで家庭《かてい》教師《きょうし》にそういうかっこうをさせて、なだめようとしているのでは……。」

「ありそうな話《はなし》ですね。そう考《かんが》えるのがふつうでしょう。どっちにせよ、わかい女性《じょせい》にすすめたい仕事《しごと》ではありませんね。」

「ですが、ホームズさん。わたしにはお金《かね》がひつようなんです！」

「そう、いいお金《かね》にはなりますね──よすぎるくらいに。そこがへんなのです。年《ねん》四十ポンドだって、人《ひと》はやとえるのに、なぜわざわざ百二十ポンドも出《だ》すのか。よほど理由《りゆう》がなければ、できないことですよ。」

「はい……わたしも、その点《てん》が心配《しんぱい》ですから、相談《そうだん》させていただいたのです。もし、あとで、ホームズさんに助《たす》けていただかなくてはならないようなことが起《お》きたときも、こうしておくほうがいいと思《おも》って……。」

「うむ、このことはいったんわすれて、お行《い》きなさい。あなたのなやみごとは、この数《すう》か月間《げっかん》でもっとも興味深《きょうみぶか》いものです。さすがのぼくも、これまで出合《であ》ったことがありません。もし、何《なに》かうたがわしいことや、あなたの身《み》に危険《きけん》なことが起《お》きたとしたら――。」

「危険《きけん》なこと？　どんな危険《きけん》があるとおっしゃるのですか。」

バイオレットがきくと、ホームズは首《くび》をふって、

「どんな危険《きけん》か、それがさいしょからわかっていたら、それはもう、危《き》険《けん》じゃありませんよ。とにかく、何《なに》かあったら、いつでも電報《でんぽう》をください。昼《ひる》でも夜《よる》でも、すぐに助《たす》けに行《い》きますから。」

「ありがとうございます。これで安心《あんしん》してブナの木館《きやかた》に行《い》けます。ルーカッスルさんに手紙《てがみ》を出《だ》して、明日《あす》ウィンチェスターに行《い》きます。」

バイオレットは、不安《ふあん》をすっかりふきとばしたようすで、立《た》ちあがり、ホームズに何度《なんど》も礼《れい》をいいました。

部屋《へや》を出《で》ていったかのじょが、階段《かいだん》を下《お》りてゆく足音《あしおと》を聞《き》きながら、ぼくはホームズにいいました。

「しっかりした人《ひと》だね。自分《じぶん》の身《み》を守《まも》ることをちゃんと考《かんが》えている。」

「そうしないと、いけないからさ。そんなに遠《とお》くない先《さき》に、かのじょが何《なに》か知《し》らせてくるのはまちがいないね。」

それから二週間《しゅうかん》、ぼくはかのじょのことが気《き》になってなりませんでした。高《たか》すぎるお金《かね》、へんてこな命令《めいれい》、しかも、家庭教師《かていきょうし》としての仕事《しごと》はどうでもいいような感《かん》じ……おかしなことばかりです。

ただのお金持《かねも》ちの気《き》まぐれなのか、何《なに》かおそろしいたくらみがあるのか。ホームズは考《かんが》えこんでばかりですし、バイオレット・ハンターという名《な》を出《だ》しただけで、うるさそうに手《て》をふるばかりでした。

「データだよ！　データがなければ、何《なに》もわかりはしない。……ああ、これがぼくの妹《いもうと》に起《お》きたことなら、無理《むり》にでも引《ひ》きとめたのに！」

そして、そんなある日《ひ》——ついに電報配達人《でんぽうはいたつにん》がドアをノックして、こんな文章《ぶんしょう》を書《か》いた紙《かみ》が、とどけられたのでした。

明日《あす》ノ昼《ひる》　ウィンチェスター「ブラックスワン・ホテル」ニ来《き》テクダサイ　ドウシタライイカ　コマリハテテイマス

「ついに来《き》たか。きみもいっしょに行《い》くかい。」

「もちろんさ、ホームズ！」

ぼくが、そう答《こた》えたのは、いうまでもありませんでした。

3 たどりついたいなか町《まち》

次《つぎ》の日《ひ》の朝《あさ》、ぼくたちは九時《じ》半発《はんはつ》の汽車《きしゃ》で、ウィンチェスターに向《む》かいました。

まどの外《そと》を流《なが》れる田園《でんえん》は明《あか》るく美《うつく》しく、そして、さわやかでした。緑《みどり》の丘《おか》にぽつりぽつりと見《み》える、赤《あか》や灰色《はいいろ》をした屋根《やね》をながめていると、心《こころ》があらわれるようです。

「ああ、気持《きも》ちがいい。霧《きり》のベーカー街《がい》とは、大《おお》ちがいだ。いなかのけしきは、いいもんだねえ。」

ぼくがうきうきしていうと、ホームズはまじめな顔《かお》になりながら、

「たしかにそうだが、ぼくには大都会《だいとかい》より危険《きけん》で、おそろしくも見《み》えるね。ここにはここの悪《あく》が、ひそんでいるような気《き》がする。」

「おいおい、きみは、なんでも犯罪《はんざい》に結《むす》びつけて考《かんが》えすぎだよ。」

ぼくがあきれていうと、ホームズはにがわらいしました。

「そうかもしれない。だけど考《かんが》えてみたまえ。ロンドンでは、何《なに》かさわぎがあれば、すぐ警察《けいさつ》がかけつける。

でも、こんなに家同士《いえどうし》がはなれていては、中《なか》で何《なに》が起《お》きても知《し》られないですむ。それに、都会《とかい》からはなれればはなれるほど、法律《ほうりつ》より自分《じぶん》たちの決《き》まりを大事《だいじ》にする人《ひと》たちが、ふえるものだしね。」
「なるほど、そういうことには、思《おも》いもよらなかった。」
「バイオレットさんがいる屋《や》しきは、ウィンチェスターの町《まち》からさらに先《さき》のいなかだ。そこで何《なに》か悪事《あくじ》が行《おこな》われても、ふせぎようがないんだ。」

「でも、今《いま》はだいじょうぶのようだよ。かのじょはこうして電報《でんぽう》も打《う》てたし、町《まち》まで出《で》てくる自由《じゆう》はあるようだし。だが、いったい、何《なに》にこまりはてているというんだろう。」

「ぼくは七通《とお》りの推理《すいり》を考《かんが》えたが、どれが正《ただ》しいかはわからない。とにかく、かのじょに会《あ》って話《はなし》を聞《き》いてみないと……おや、そろそろ、とうちゃくだ。」


ブラックスワン・ホテルは、ウィンチェスター駅《えき》の近《ちか》くにあり、バイオレット・ハンターは、すでにそこに来《き》て待《ま》っていてくれました。

「よく来《き》てくださいました。ルーカッスルさんは、おくさんとぼっちゃんをつれて、三時《じ》にお出《で》かけの予定《よてい》で、『それまでにはもどります』といってきたので時間《じかん》がないのですが、とにかく話《はなし》を聞《き》いてください。」

「おこまりとのことですが、何《なに》があったのです。」

ホームズがたずねました。すると、かのじょは首《くび》をふりながら、

「わけがわからないことばかりなのです。『ブナの木館《きやかた》』では、ルーカッスルさんや、ほかの人《ひと》たちがやることなすこと、何《なに》もかもが。」

「いったい、どういうことなんです？」

「はい……。まずさいしょから説明《せつめい》しますと、ウィンチェスター駅《えき》に着《つ》いたわたしは、ルーカッスルさんのあやつる二輪馬車《にりんばしゃ》で、ブナの木館《きやかた》につれていかれました。そこは、まわりのけしきは美《うつく》しいけれども、建物《たてもの》はとても古《ふる》くて、長年《ながねん》の雨《あめ》や風《かぜ》に、すっかりよごされていました。

げんかんの前《まえ》にブナの林《はやし》があって、それが館《やかた》の名前《なまえ》のもとでした。
そこで、わたしはルーカッスルのおくさまと、むすこさんにお会《あ》いし

たのですが、わたしの想像《そうぞう》は、はずれていました。ルーカッスルさんは五十歳近《さいちか》いのに、おくさまは三十歳《さい》にもなっておられず、心《こころ》を病《や》んでいるようなようすは、少《すこ》しもありませんでした。

ただ、とても無口《むくち》で、顔色《かおいろ》がお悪《わる》いのが気《き》になりました。ルーカッスルさんは、しょうかい所《じょ》でお会《あ》いしたときのように、よくしゃべって、よくわらい、一人《ひとり》だけ、上《じょう》きげんでした。

お話《はな》しするうちに、だんだんわかってきたのは、ルーカッスルさんとおくさまは、七年前《ねんまえ》に結婚《けっこん》されて、エドワードというむすこさんが生《う》まれたこと。ルーカッスルさんには、その前《まえ》にも、べつのおくさまがおられたということでした。」

「その人《ひと》――前《まえ》のルーカッスル夫人《ふじん》は、亡《な》くなられたのですね。」

「はい、そうです。」

「もしかして、ルーカッスル氏《し》がいう『むすめのアリス』というのは、前《まえ》のおくさんとの間《あいだ》のお子《こ》さんなのでしょうか。」

ホームズのするどい質問《しつもん》に、ぼくは前《まえ》に見《み》た手紙《てがみ》を思《おも》いだしました。

「はい、そのアリスさんは、二十歳《はたち》をこえているようですから。あとでルーカッスルさんが『アリスは新《あたら》しい母親《ははおや》がきらいで、一人《ひとり》でアメリカにわたってしまったので』と教《おし》えてくださいました。」

「よくある話《はなし》ですね。」

と、ぼくが口《くち》をはさむと、ホームズはそれにうなずきもせずに、

「それから？　そのむすこというのは、どんな子《こ》でしたか。とにかく、ブナの木館《きやかた》についてなら、なんでも教《おし》えてください。どんなにつまら

ないように思《おも》えることでも、かまいません。」

「わかりました……むすこさんのエドワードというのが、これがわがままでらんぼうで、気《き》まぐれで、動物《どうぶつ》などの、自分《じぶん》より弱《よわ》いものをいじめるのが大《だい》すきという、こまった子《こ》なのです。こんなことでは、しょうらいが思《おも》いやられますが、それだけにルーカッスルさんご夫妻《ふさい》は、この子《こ》のためには、なんでもしてやろうといったふうでした。

でも、この子《こ》より、がまんができなかったのは、館《やかた》ではたらく夫妻《ふさい》でした。名前《なまえ》をトラーといって、夫《おっと》のほうは白黒入《しろくろい》りまじった髪《かみ》の毛《け》とひげを生《は》やした、らんぼう者《もの》です。

いつでもお酒《さけ》のにおいをぷんぷんさせて、仕事中《しごとちゅう》ひどくよっぱらったこともあるのに、ルーカッスルさんは少《すこ》しもしかりません。

トラーのおかみさんというのが、またいやな感《かん》じの女《おんな》で、背《せ》が高《たか》くて力持《ちからも》ちで、おくさま以上《いじょう》に無口《むくち》なので、ちゃんとした話《はなし》もできません。幸《さいわ》い、わたしは自分《じぶん》の部屋《へや》か、子《こ》ども部屋《べや》にいることがほとんどだったので、かれらとは顔《かお》を合《あ》わせずにすんだのでした。」

「そして、それからどうなりましたか。」

ホームズが、先《さき》をつづけるようにいいました。

「そう、あれは、館《やかた》に着《つ》いて三日目《みっかめ》の朝《あさ》でした……。」

4 用意《ようい》された青《あお》い服《ふく》

その日《ひ》の朝食後《ちょうしょくご》、おくさまがルーカッスルさんに、何《なに》か話《はな》しかけたかと思《おも》うと、ご主人《しゅじん》がこんなことをいいだしたのです。

「いやどうも、われわれの無理《むり》なたのみを聞《き》いて、髪《かみ》の毛《け》を切《き》ってくださってありがとう。そこで、今度《こんど》は手紙《てがみ》に書《か》いた青《あお》い色《いろ》の服《ふく》ですな、あれを着《き》てみてほしいのです。あなたの部屋《へや》に用意《ようい》させておいたから、どんなによくにあうか、見《み》せてくださらんか。」

部屋《へや》にもどってみると、ベッドの上《うえ》に、風《ふう》がわりな色合《いろあ》いをした青《あお》い服《ふく》がおいてありました。

上等《じょうとう》ですが新品《しんぴん》ではなく、前《まえ》にだれかが着《き》たのはまちがいありません。なのに、注文《ちゅうもん》して作《つく》ったみたいにぴったりなのが、へんな気《き》がしました。

そのすがたをルーカッスルさん夫妻《ふさい》に見《み》せますと、たいへんなよろこびようです。二人《ふたり》がいたのは、館《やかた》の正面《しょうめん》にあたる客間《きゃくま》で、フランスまでという、ゆかまでのびた細長《ほそなが》いまどが三《みっ》つあり、とても明《あか》るいのでした。

わたしは、真《ま》ん中《なか》のフランスまどの近《ちか》くに、背《せ》を向《む》けておかれたいすに、こしかけました。そうするようにいわれたからです。

するとルーカッスルさんは、客間《きゃくま》を歩《ある》きまわりながら、おもしろい話《はなし》をお聞《き》かせになり、わたしはあまりのおかしさに、わらいころげました。

なのに、おくさまのほうは、クスリともなさいません。ひざに手《て》をおいて、不安《ふあん》な顔《かお》つきで、すわっておられるばかりです。一時間《じかん》ほどして、

「もう、むすこの勉強《べんきょう》の時間《じかん》だ。部屋《へや》にもどって服《ふく》を着《き》がえて、子《こ》ども部屋《べや》に行《い》きなさい。」

急《きゅう》にルーカッスルさんがいったので、わたしは客間《きゃくま》をはなれました。

ところが、二日後《ふつかご》にまた同《おな》じようなことがあったのです。あの服《ふく》を着《き》せられ、同《おな》じ場所《ばしょ》の同《おな》じいすにかけさせられて、ルーカッスルさんの話《はなし》を聞《き》かされました。この日《ひ》はそれだけではなく、小説本《しょうせつぼん》をわたされて、読《よ》んで聞《き》かせてくれといわれました。てきとうに開《ひら》いたページから読《よ》みはじめ、ちゅうとはんぱなところで「もういい」といわれたので、やめました。

わたしは、なんでこんなことばかりさせられるのか、わけがわかりませんでした。ただ、そのうちに気《き》づいたことがありました。それは、

（ルーカッスルさんと夫人《ふじん》は、わたしが、まどのほうを向《む》かないように気《き》をつけている！）

ということでした。まどの向《む》こうに、何《なに》があるというのだろう。わたし

は、どうしても見《み》てみたくなりました。でも、どうやって？

まもなく、いいことを思《おも》いつきました。たまたま、小《ちい》さな手《て》かがみがあったので、そっとハンカチにかくしておくことにしました。

すぐにそれを使《つか》うチャンスはやってきて、あの服《ふく》を着《き》て、いすにすわらされました。ルーカッスルさんの話《はなし》がおかしすぎて、なみだが出《で》たのをふくふりをして、ハンカチを目元《めもと》に持《も》っていきました。

ハンカチの中《なか》にひそめたかがみで、まどの向《む》こうを見《み》てみましたが、さいしょは外《そと》の通《とお》りがうつっただけ。でも、かがみの角度《かくど》をかえて見《み》るうち、通《とお》りに男《おとこ》の人《ひと》が一人《ひとり》、立《た》っているのが見《み》えました。

灰色《はいいろ》の服《ふく》を着《き》て、あごひげを生《は》やした小《こ》がらな男《おとこ》の人《ひと》で、わたしのほうを、じっと見《み》つめているようなのです。

わたしはハンカチを下《さ》げました。ところが、おくさまが、わたしをじっと見《み》ていて、わたしがかがみをかくしていたのに、気《き》づいたようすです。

これは、何《なに》かいわれるかなと、ドキドキしていましたら、おくさまはすっと立《た》ちあがって、ルーカッスルさんに話《はな》しかけました。

「あなた、へんな男《おとこ》が、外《そと》の通《とお》りから、家庭教師《かていきょうし》の先生《せんせい》をのぞき見《み》していますよ。」

「それは、けしからん。先生《せんせい》、ちょっと後《うし》ろをふりかえって、『どこかへ行《い》け』と手《て》をふって、追《お》いはらってくれんかね。」

「でも、知《し》らんぷりをしたほうがいいのではないでしょうか。」

わたしがいうと、ルーカッスルさんは首《くび》をふりました。

「ああ、いやいや、こういうものは、きっぱりことわったほうがいいのだ。いつまでも、つきまとわれてはこまるからな。さあ！」

仕方《しかた》なく、わたしは後《うし》ろを向《む》いて手《て》をふりました。とたんに、おくさまが、カーテンをさっと引《ひ》いてしまいました。

これでは、あの男《おとこ》はわたしの顔《かお》をたしかめることもできなかったのでは、と思《おも》うほどの早《はや》わざでした。

これが一週間前《しゅうかんまえ》のことです。以後《いご》はあの服《ふく》を着《き》ろともいわれませんし、いすにすわらされもしませんでした。そして、通《とお》りに立《た》ってブナの木館《きやかた》を見《み》ていた、あの男《おとこ》のすがたも、見《み》かけることはないままなのです……。

5 たいくつをふきとばした名探偵《めいたんてい》

「なるほど……聞《き》けば聞《き》くほど、興味深《きょうみぶか》い話《はなし》ですね。」

そこまで話《はなし》を聞《き》いたホームズは、目《め》をかがやかせていいました。「近《ちか》ごろはおもしろい事件《じけん》がない」となげいたときとは、別人《べつじん》のようでした。

「ほかに何《なに》か、報告《ほうこく》するようなことはありますか。」

「はい、ルーカッスルさんが、じまんげに教《おし》えてくださったのですが、ブナの木館《きやかた》では、*マスチフ種《しゅ》の大《おお》きな犬《いぬ》を飼《か》っています。昼間《ひるま》は、庭《にわ》にある物《もの》おき小屋《ごや》にとじこめてあって、館《やかた》に着《つ》いた日《ひ》に見《み》せられたのですが、板《いた》のすき間《ま》からのぞいた暗《くら》がりの中《なか》に、真《ま》っ黒《くろ》なものがうずくまっていて、目《め》をギラギラかがやかせているのに、びっくりしました。

　これはここの番犬《ばんけん》だそうで、ルーカッスルさんの話《はなし》では、なるべく食《た》べ物《もの》を少《すく》なめにやるようにして、きょうぼうな性質《せいしつ》にしているのだとか。そして、夜《よる》になると庭《にわ》に放《はな》って、自由《じゆう》に歩《ある》きまわらせるのです。

＊マスチフ…犬《いぬ》の種類《しゅるい》の一《ひと》つ。大型犬《おおがたけん》で力強《ちからづよ》い。主《おも》に番犬《ばんけん》や狩《か》りのときなどに用《もち》いられる。

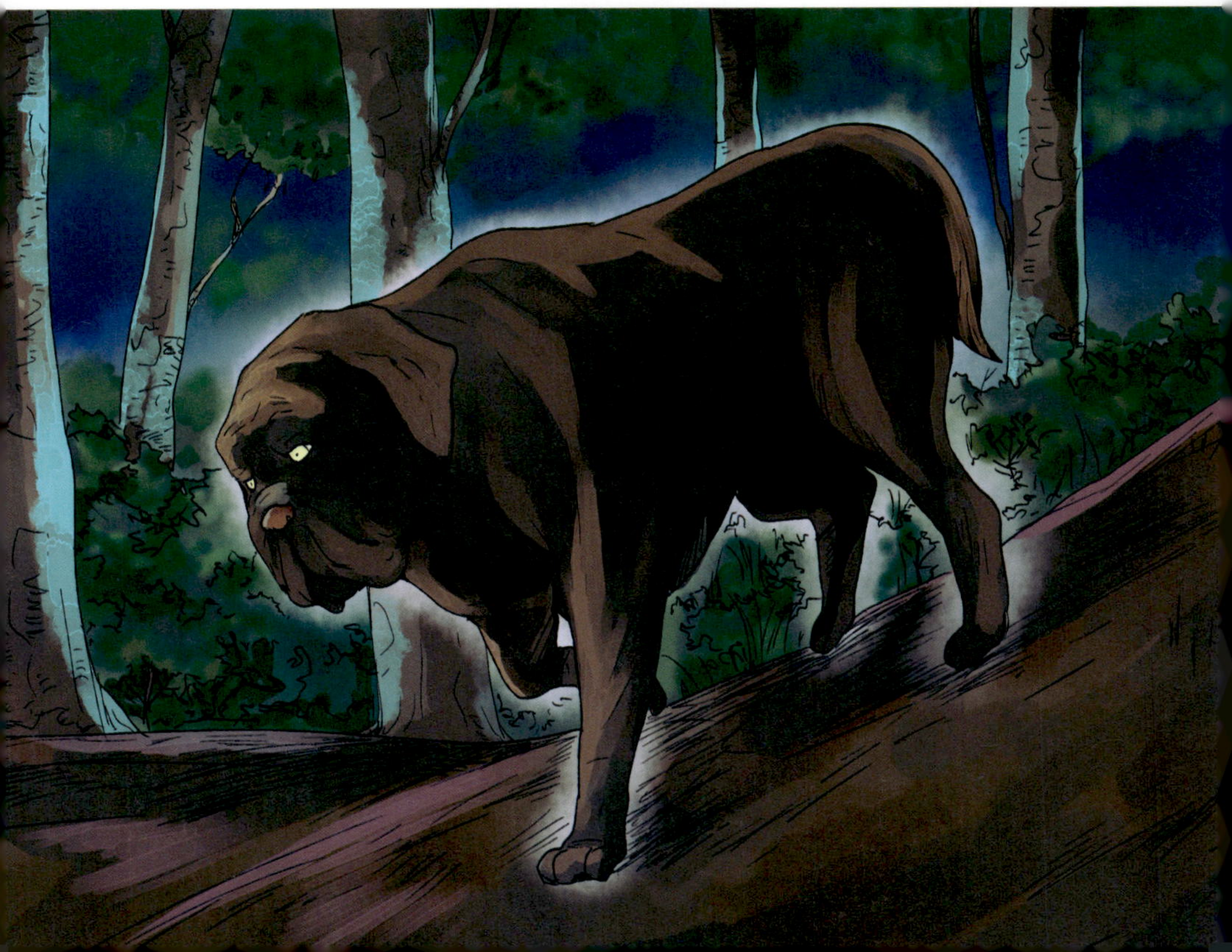

『どろぼうでものびこもうものなら、たちまちがぶりとやられる。あなたも、夜《よる》には一歩《ぽ》も外《そと》へ出《で》ないほうが身《み》のためだよ。アッハッハ』

ゆかいそうにおっしゃるのが、かえっておそろしく感《かん》じられました。わたしも一度《ど》、自分《じぶん》の部屋《へや》から見《み》ましたが、月明《つきあ》かりにてらされて、子牛《こうし》ほどもあるおそろしい顔《かお》つきの犬《いぬ》が、のっしのっしと歩《ある》いていました。だらりとたれた耳《みみ》。しわだらけの顔《かお》。大《おお》きな口《くち》。体《からだ》つきは、まるで筋肉《きんにく》のかたまりです。あんなのにおそわれては、どんな悪人《あくにん》でも、ひとたまりもないでしょう。」

「ふむ、どっちが悪人《あくにん》だか、わかったものではありませんね。ほかには、何《なに》かありますか。」

ホームズがたずねると、バイオレット・ハンターは、うなずきました。

「はい……じつはこれがいちばんのふしぎなのですが、わたしはロンドンをたつ前《まえ》に髪《かみ》の毛《け》をバッサリと切《き》ったのですが、そのまますてるのもかわいそうな気《き》がして、たばにしてトランクのそこに入《い》れ、館《やかた》まで持《も》ってきました。

ところが、ある日《ひ》、部屋《へや》の整理《せいり》をしていましたら、そなえつけのたんすの引《ひ》き出《だ》しの一《ひと》つが開《あ》かないのです。ほかの引《ひ》き出《だ》しには入《はい》りきらない品物《しなもの》があったので、なんとか開《あ》けられないかなと、いろいろ手《て》持《も》ちのかぎをあてがっていたら、その中《なか》の一本《ぽん》が、ぐうぜん合《あ》ったようで、開《ひら》くことができました。

そのとたん、わたしは息《いき》が止《と》まるほどびっくりしました。なぜといって、そこにわたしの髪《かみ》の毛《け》が入《はい》っていたからです！

なんで、こんなものがこんなところに……と首《くび》をかしげましたが、そんなはずはありません。あわててトランクの中身《なかみ》を出《だ》し、そこをさぐってみると、ちゃんとそこに、同《おな》じ色《いろ》の髪《かみ》の毛《け》のたばがあるではありませんか。

トランクのそこにしまったのと、タンスの引《ひ》き出《だ》しから出《で》てきたのと、二《ふた》つの髪《かみ》の毛《け》を見《み》くらべると、自分《じぶん》でも区別《くべつ》がつかないくらいに、そっくりなのです。だんだん気味《きみ》が悪《わる》くなってきて、二《ふた》たばの髪《かみ》の毛《け》を、それぞれ元《もと》の場所《ばしょ》にもどし、引《ひ》き出《だ》しにはかぎをかけたのです……。」

「おもしろい、じつにおもしろい。ブナの木館《きやかた》のふしぎは、これでおしまいですか。まだあるのではありませんか。たとえば、かくし部屋《べや》とか、開《あ》かずの間《ま》とか、古《ふる》い屋《や》しきにはよくあるものについての話《はなし》が……。」

「どうして、それをごぞんじなのですか。じつは、ふしぎというより気《き》になってしようがないのが、それについてのことなのです……。」

そういって、バイオレット・ハンターはさらにこんな話《はなし》をしたのです。

ブナの木館《きやかた》には、ふだんだれも入《はい》ることのない、はなれがあるのですが、そこへ通《つう》じるドアにはいつも、かぎがかかっています。

向《む》かいには、いやなめしつかいのトラー夫妻《ふさい》の部屋《へや》があるのですが、近《ちか》くにある階段《かいだん》を使《つか》うときには、夫妻《ふさい》の部屋《へや》の前《まえ》を通《とお》らないわけにはいきません。

ところがある日《ひ》、いつもしまったままのドアがふいに開《あ》いて、中《なか》からルーカッスルさんが、ぬっと出《で》てきたではありませんか。

いつもとは大《おお》ちがいで顔《かお》は真《ま》っ赤《か》、ひたいには青《あお》すじを立《た》て、まゆ毛《げ》をぴりぴりとふるわせています。そんなけわしい顔《かお》でドアにかぎをかけると、わたしには目《め》もくれず、どこかに行《い》ってしまいました。

どうもへんだ、あの中《なか》に何《なに》かあるらしいと思《おも》ったので、エドワードぼっちゃんをつれて、散歩《さんぽ》に出《で》たとき、庭《にわ》からその建物《たてもの》に行《い》ってみました。

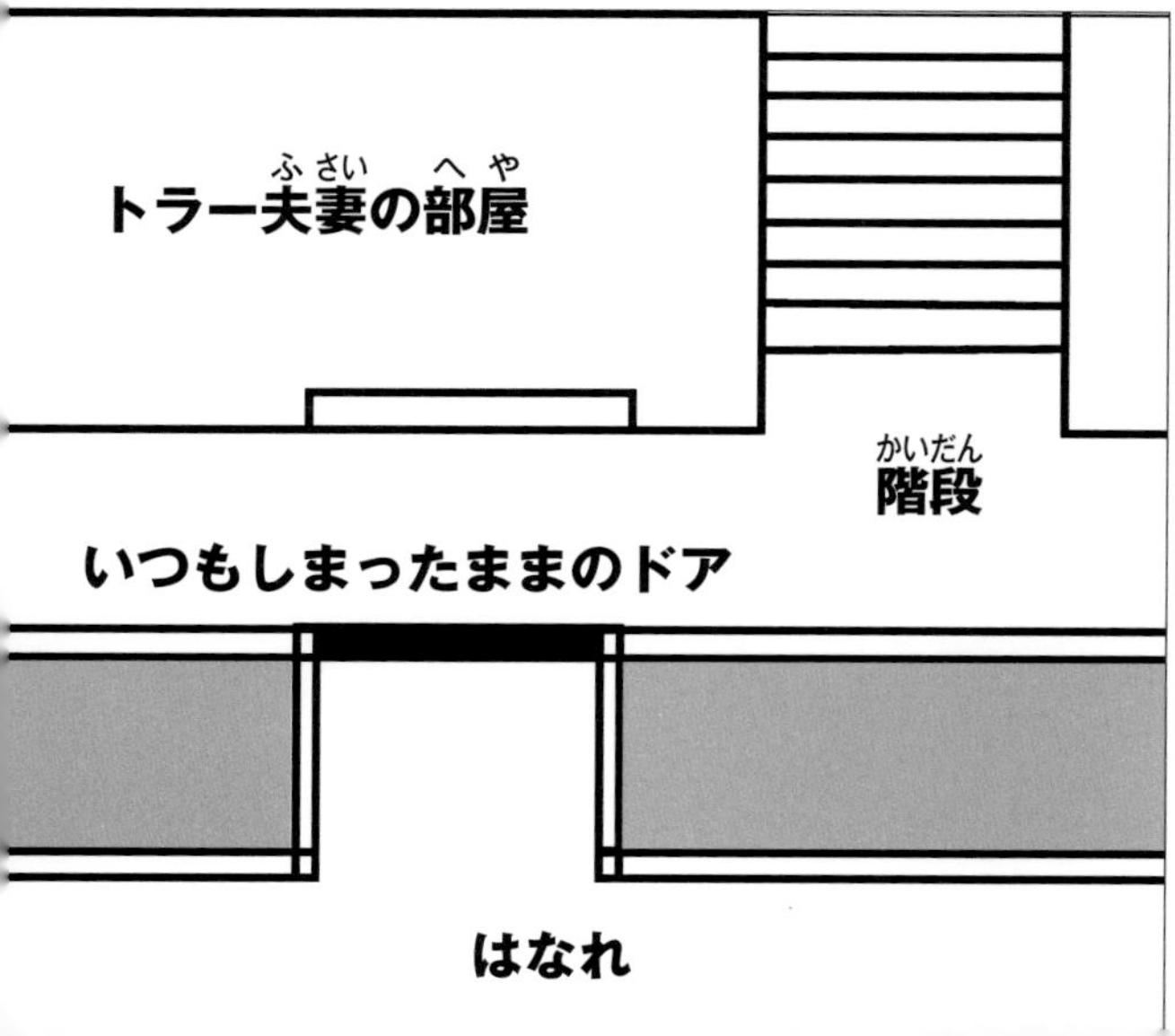

そこには三《みっ》つ部屋《へや》があるらしく、うち二部屋《ふたへや》のまどは、ほこりだらけで、中《なか》にはだれもいそうにありません。のこる一《ひと》つの部屋《へや》のまどには、がんじょうな戸《と》が下《お》りていました。

そこへルーカッスルさんがやってきて、いつものにこにこ顔《かお》で、

「やあ、さっきは失礼《しつれい》しました。ちょっと考《かん》えごとをしていたものでね。ここのはなれは空《あ》き部屋《べや》ばかりで、見《み》るような場所《ばしょ》じゃありませんよ。」

でも、目《め》はしんけんそのもので、わたしのことをうたがっているのが、わかりました。

そのせいで、わたしはますます、あのはなれの中《なか》が気《き》になってしまいました。しかも、あのトラー夫妻《ふさい》もそこに出入《ではい》りしているらしいのに気《き》づくと、いっそう見《み》たくてしょうがなくなったのです。

そしてきのうのばん、とうとうそのチャンスがやってきたのです。その日《ひ》、トラーは、いつも以上《いじょう》にお酒《さけ》を飲《の》み、べろべろによっぱらっていました。

そのせいでしょう、わたしがあのドアの前《まえ》にさしかかると、かぎがさしっぱなしになっているではありませんか。

わたしは、そっとかぎを回《まわ》してドアを開《あ》け、中《なか》に入《はい》りました。

そこは、何《なに》もないろう下《か》で、つきあたりを直角《ちょっかく》に曲《ま》がると、ドアが三《みっ》つならんでおり、真《ま》ん中《なか》のドアだけが、とじられていました。開《あ》けっぱなしになっている左右《さゆう》のドアからのぞいてみると、中《なか》は空《から》っぽで、きたないガラスごしに、夕方《ゆうがた》の光《ひかり》が、弱々《よわよわ》しくさしこんでいます。

だとすると……あのがんじょうな戸《と》の下《お》りたまどは、ドアがしめられた、真《ま》ん中《なか》の部屋《へや》のものということになります。しかも、そのドアときたら、鉄《てっ》のぼうを横《よこ》にわたし、大《おお》きなかぎと、じょうぶなロープでかためて、決《けっ》して中《なか》からは開《あ》けられないようにしてあるのです。

ということは――中《なか》にだれか、あるいは、何《なに》かがいるのではないか。見《み》ると、ドアの下《した》のすき間《ま》から、かすかに光《ひかり》がもれています。そのことにはっとしたとき、中《なか》で足音《あしおと》がし、人《ひと》のかげがちらちらと見《み》えました。

そのとたん、わたしはたとえようもなく、おそろしくなりました。少《すこ》しでも早《はや》くここからにげだしたくて、外《そと》へとびだした――次《つぎ》のしゅん間《かん》、わたしはだれかのうでに、がっちりととらえられていたのです。

「どうしたね。あなた、ここで何《なに》をしていたのだい。」

それは、ルーカッスルさんでした。いつもよりもいっそう、にこにことした笑顔《えがお》。でも、それがおそろしくてなりませんでした。

「あの、ここのドアが開《あ》けっぱなしだったものですから、つい……でも、中《なか》があんまりしずかで、こわくなってとびだしてきましたの。」

わたしがいうと、ルーカッスルさんは、ぎょろりとわたしを見《み》て、

「ほんとうに、それだけですかな。」

「も、もちろんですわ。」

「ふむ……それならいいが、そもそも、ここにかぎをかけておくのは、
よけいなものが中《なか》に入《はい》るのをふせぐためでな。わかるね。」

「はい。そうと知《し》っていましたら、決《けっ》して中《なか》に入《はい》りませんでした。」

「わかれば、よろしい。だが、二度《ど》とここへ入《はい》ろうとしたならば……。」

急《きゅう》におそろしい顔《かお》で、わたしをにらみつけると、いったのです。

「あの犬小屋《いぬごや》にたたきこみますぞ！」

あまりのこわさに、あとのことは何《なに》もおぼえていません。気《き》がつくと、自分《じぶん》の部屋《へや》のベッドにたおれて、ガタガタふるえていたのです。

そのとき思《おも》いだしたのが、ホームズさん、あなたのことでした。

わたしはこっそり館《やかた》を出《で》て、一キロたらず先《さき》の、ゆうびん局《きょく》まで行《い》って電報《でんぽう》を打《う》ちました。そして、今日《きょう》、なんとかルーカッスルご夫妻《ふさい》から、ウィンチェスターまで、出《で》るおゆるしをもらって、ここまでやってきたのです……。

6 しのびこんだひみつの部屋《へや》

バイオレット・ハンターの話《はなし》を聞《き》きおえたホームズは、じっと考《かんが》えこんでから、きびしい顔《かお》つきでいいました。

「それは、たいへんでしたね。しかし、事件《じけん》は終《お》わったわけではない。むしろ、これからがあぶないのです。そこでうかがいますが、ルーカッスル一家《いっか》は、あなたと入《い》れかわりに出《で》かける予定《よてい》とのことでしたが、帰《かえ》りはいつごろになるか、おわかりですか。」

「はっきりはしませんが、夜《よる》おそくになると聞《き》いています。」

「トラーというめしつかいは、どうしていますか。」

「今日《きょう》も朝《あさ》からよっぱらっています。トラーのおかみさんが、ルーカッスル夫人《ふじん》に、ぐちをこぼしていましたから。」

「そりゃ、つごうがいい。ブナの木館《きやかた》には、がんじょうなかぎのついた、あなぐらのようなものはありますか。」

「それならば、酒《さか》ぐらがあります。」

「ふむ、ますますいいですな。」

ホームズは、満足《まんぞく》そうにうなずいたあと、かのじょにいいました。

「さて……われわれは今夜《こんや》七時《じ》にブナの木館《きやかた》に乗《の》りこむつもりです。夫《ふ》妻《さい》がまだ帰《かえ》らず、トラーがよいつぶれていてくれれば、あとはかれのおかみさんだけ……さて、そこで、あなたがもし引《ひ》きうけてくれるのなら、やってほしいことがあるのですが、どうでしょうか。」

「はい、なんなりと。」

バイオレット・ハンターは、きっぱりと答《こた》えました。

その夜《よる》七時《じ》、ホームズとぼくは、ブナの木《き》館《やかた》にかけつけました。

建物《たてもの》の前《まえ》には、その名《な》のとおり、ブナの木《き》がおいしげり、夕日《ゆうひ》を受《う》けてかがやいています。

げんかんの石段《いしだん》には、バイオレット・ハンターが、笑顔《えがお》で立《た》っています。それは、かのじょが作戦《さくせん》を無事《ぶじ》やりとげたということでした。

「うまくいきましたか。」

中《なか》に入《はい》りながら、ホームズがきくと、かのじょは、ろう下《か》のおくのほうを指《ゆび》さしながら、いいました。

「ええ、あのとおりです。」

その方角《ほうがく》からは、あらあらしい女《おんな》の声《こえ》で、「出《だ》せー、ここから出《だ》しとくれー、よくもだましたな！」というさけびにまじって、ドンドンとかべやドアをたたいたり、けったりする音《おと》が聞《き》こえていました。

それは、トラーのおかみさんでした。ホームズがさっきいった「やってほしいこと」というのは、この女《おんな》をうまくごまかして、酒《さか》ぐらにとじこめることだったのです。

かんたんなようでいて、しっぱいすれば、どんな目《め》にあうかもしれないのですから、よく勇気《ゆうき》を出《だ》してがんばったものです。

「お見事《みごと》でした。それで、夫《おっと》のほうのトラーは？」

「よっぱらって、台所《だいどころ》でグーグーねています。」

バイオレットの答《こた》えに、ぼくらは、かのじょがこわい目《め》にあった、はなれに向《む》かいました。かのじょが、ねむっているトラーから、こっそり取《と》りあげてくれたかぎたばを使《つか》ってみると、ドアはなんなく開《あ》きました。それっと中《なか》に入《はい》り、ろう下《か》を曲《ま》がった先《さき》の、鉄《てつ》のぼうやロープでがっちりととざされた部屋《へや》のドアをこじ開《あ》けにかかりました。しかし、かんじんのかぎが開《あ》きません。ホームズの顔《かお》がくもりました。

「まずいな。中《なか》からは人《ひと》の気配《けはい》さえしない……もうおそかったか。」

あせったようすで、つぶやいてから、ぼくのほうを見《み》ました。

「ワトスン、てつだってくれるかい。あなたは、下《さ》がって！」

バイオレットが、あわてとびのいた次《つぎ》のしゅん間《かん》、ぼくはホームズとドア目《め》がけてとっ進《しん》し、メリメリッという音《おと》とともに、ドアはやぶられました。

ぼくたちは、おりかさなるようにして、部屋《へや》にとびこみました。中《なか》は、そまつなベッドにテーブル、下着《したぎ》やシーツの入《はい》ったかごがあるだけ。

「だれもいない！　もぬけのからとは、どういうことだ？」

ぼくはびっくりして、さけびました。ホームズはにがい顔《かお》で、

「さては、ハンターさんの動《うご》きに気《き》づき、ぼくらの先回《さきまわ》りをして、よそへうつしたか。そうか、あの天《てん》まどか！」

指《ゆび》さした頭上《ずじょう》には、たしかに日光《にっこう》を取《と》りいれるためのまどがあり、しかも開《あ》けっぱなしになっていました。ホームズはひょいっと天《てん》まどに取《と》りつくと、屋根《やね》の上《うえ》に頭《あたま》を出《だ》してから、

「やっぱりだ。[*1]のきのところに、はしごが立《た》てかけてある。それを使《つか》って屋根《やね》から下《お》ろしたんだよ。」

「そんなはずは……ルーカッスルさんたちが出《で》かけたときは、はしごなんかありませんでしたし、どうしてドアを使《つか》わなかったんでしょう。」

考《かん》え深《ぶか》く、そういったのは、バイオレットでした。

「うむ。だが、そのせんさく[*2]は後回《あとまわ》しにしましょう。ほら、聞《き》こえますか、あの足音《あしおと》が……ワトスンくん、ピストルの用意《ようい》を！」

ホームズがいいおわる前《まえ》に、部屋《へや》の入《い》り口《ぐち》に、よく太《ふと》ってがんじょうそうな男《おとこ》が、太《ふと》いこんぼうをにぎりしめ、あらわれました。

とたんに、バイオレットが悲鳴《ひめい》を上《あ》げ、かべぎわにとびのきました。

そのおかげで、この男《おとこ》こそがブナの木館《きやかた》のあるじであり、すべての悪事《あくじ》の中心《ちゅうしん》とわかりました。

その顔《かお》のみにくくて、にくにくしいことときたら、これまで話《はなし》に聞《き》いた、いつもにこにこしているのと、同《おな》じ人間《にんげん》とは思《おも》えませんでした。

「きさまら、あのむすめを……アリスをどこへやった。」

ルーカッスルの声《こえ》は、けものがうなるようでした。けれど、ホームズは落《お》ちつきはらって、

「アリス？　前《まえ》のおくさんとのむすめのことか。新《あたら》しい母親《ははおや》になじめなかったアリスさんを、きみはじゃまに思《おも》っていたが、かのじょがお母《かあ》さんから財産《ざいさん》を受《う》けついでいたために、追《お》いだすこともできなかった。そのお金《かね》を横取《よこど》りしたかったからだ。

そのうち、アリスさんに恋人《こいびと》ができ、結婚《けっこん》したいといいだした。そ

＊1のき…屋根《やね》のはしの、建物《たてもの》より外《そと》につきでた部分《ぶぶん》。＊2せんさく…細《こま》かい点《てん》まで調《しら》べて、知《し》ろうとすること。

うなったら、親《おや》でも子《こ》どものお金《かね》に手《て》はつけられなくなる。そこで、きみはアリスさんをこんな部屋《へや》にとじこめ、家出《いえで》したかのように、いいふらした。そして、毎日《まいにち》のようにせめたてて、自分《じぶん》に財産《ざいさん》をゆずるという書類《しょるい》に、サインさせようとした。人間《にんげん》のすることではないね。この悪魔《あくま》めが！」

「ええい、うるさいっ。こうなったら、どうするか見《み》ていろ！」

ルーカッスルは、こんぼうでなぐりかかってくると思《おも》いきや、後《うし》ろを

向《む》き、そのまま外《そと》へ出《で》ていってしまいました。

「たいへん！　あの人《ひと》は犬《いぬ》をつれてくるつもりです。あの猛犬《もうけん》を！」

バイオレットがさけびました。ぼくは、かのじょを安心《あんしん》させようと、いいました。

「だいじょうぶ、ぼくがピストルを持《も》っていますから。」

「うむ、だが、せまいところであばれられると、めんどうだ。げんかんをしめて、あいつと犬《いぬ》をしめだしてしまおう。」

ホームズがそういうので、ぼくたちはあわててかけだしました。と、そのときです。ギャーッという世《よ》にもおそろしい悲鳴《ひめい》が、庭《にわ》から聞《き》こえてきたのは。

それがルーカッスルの声《こえ》と気《き》づいたとき、べつの方向《ほうこう》から、真《ま》っ赤《か》な顔《かお》をした大男《おおおとこ》が、よろよろと出《で》てきて、さけびました。

「えらいことだ！　だれか犬《いぬ》を放《はな》したな。あいつには、だんなさまのいいつけで、二日《ふつか》もえさをやってない。それにあいつは、おれのいうことしか聞《き》かん。早《はや》くなんとかしないと、殺《ころ》されてしまうぞ！」

この大男《おおおとこ》は、トラーでした。さわぎを聞《き》きつけて、ゆかの上《うえ》からとびおきたのです。かれの言葉《ことば》どおり、ルーカッスルの悲鳴《ひめい》にまじって、こうふんした犬《いぬ》の鳴《な》き声《ごえ》が聞《き》こえます。

ぼくたちが、建物《たてもの》の外側《そとがわ》をぐるっと回《まわ》ってかけつけると、そこでは血《ち》だらけになったルーカッスルが、巨大《きょだい》な犬《いぬ》にのしかかられていました。きばをむいた犬《いぬ》のうなり声《ごえ》と、人間《にんげん》の悲鳴《ひめい》が入《い》りまじって、とても見《み》ていられない、ざんこくさでした。

「ワトスンくん、あれを。」

ホームズの言葉《ことば》に、ぼくはピストルを取《と》りだすと、猛犬目《もうけんめ》がけてかまえ、引《ひ》き金《がね》を引《ひ》きました——。

7 解《と》きあかされた館《やかた》のなぞ

ぼくたちに猛犬《もうけん》をけしかけるつもりが、自分《じぶん》がおそわれた、あわれな悪人《あくにん》ルーカッスル。そのけがはひどいもので、家《いえ》の中《なか》にかつぎこんで、ぼくが手当《てあ》てしたものの、助《たす》かるかどうかはわかりませんでした。

よいもすっかりさめたトラーを、ルーカッスル夫人《ふじん》のところへ知《し》らせにやったのと入《い》れちがいに、やせて背《せ》の高《たか》い女《おんな》が入《はい》ってきました。

「あっ、トラーのおかみさん！」

バイオレットがさけんだところからすると、かのじょが酒《さか》ぐらにとじこめたのは、この女《おんな》のようでした。女《おんな》はふてぶてしいようすで、

「さっきはどうも、家庭教師《かていきょうし》の先生《せんせい》。ルーカッスルのだんなが帰《かえ》ってきたときに出《だ》してもらったんですよ。だけど、あのあと、こんなむごいことになるなんてねえ。こんなことなら、もっと早《はや》くあれをやってしまえばよかったよ。」

「あれというのは、アリスさんを天《てん》まどから、はしごを使《つか》って外《そと》へつれだしたことか。そうか、あれはきみのしわざだったんだな。」

ホームズがいうと、トラーのおかみさんはうなずきました。

「そうだよ。あたしもいい人間《にんげん》とはいえないけど、あんまりアリスおじょうさんが、かわいそうだったからね。うちの夫《おっと》に酒《さけ》を飲《の》ませ、こっそりにがしたのさ。この先生《せんせい》に酒《さか》ぐらにとじこめられたときは、アリスおじょうさんがルーカッスルのだんなにつかまりゃしないか、ひやひやしたよ。」

「でも、アリスさんは、無事《ぶじ》に恋人《こいびと》のところに行《い》けたんだろう？　おまえのおかげで。そうなると、かのじょをとじこめ、見《み》はっていたおまえたち夫妻《ふさい》を、ルーカッスルの共犯者《きょうはんしゃ》として、警察《けいさつ》につきだすわけにもいかない。うまくやったな。」

ホームズがそういい、トラーのおかみさんがにやっとしたときでした。バイオレットが、あわてたようすで口《くち》をはさみました。

「あ、あの、いったい何《なに》がどうなってるんですか。アリスさんの恋人《こいびと》がどうとか、わたしには、何《なに》がなんだか、さっぱりわけが……。」

「そうだ、ホームズ、ちゃんとすじみちを立《た》てて説明《せつめい》してくれよ。」

ぼくも同《おな》じような思《おも》いで、たずねました。すると、ホームズは、近《ちか》くのいすにゆったりとこしかけながら、こう話《はな》しはじめたのです。

「つまり、こういうことさ。アリスさんをはなれの部屋《へや》にとじこめ、ブナの木館《きやかた》にいないように見《み》せかけたルーカッスルだったが、一人《ひとり》だけ、だまされなかった人間《にんげん》がいた。かのじょと結婚《けっこん》するつもりだった、恋人《こいびと》だよ。」

「ファウラーさんといって、外国《がいこく》ではたらく役人《やくにん》になろうとしている、まじめな青年《せいねん》ですよ。」

トラーのおかみさんがいいました。ホームズはうなずいて、

「そうか。そのファウラーくんは、心《こころ》からアリスさんを愛《あい》していたので、いきなりかのじょがいなくなったとは、信《しん》じられなかったし、あきらめもしなかった。そこで、毎日《まいにち》のように館《やかた》に通《かよ》って、見《み》はっていた。

このままでは悪《わる》だくみがばれてしまうかもしれない。で、バイオレットさんを、にせのアリスさんにでっちあげ、ルーカッスル夫妻《ふさい》となかよく話《はな》したり、恋人《こいびと》を手《て》で追《お》いはらったりするしばいを見《み》せて、あきらめさせようとした。」

「わたしが着《き》せられた、青色《あおいろ》の服《ふく》はアリスさんのだったんですね。では、髪《かみ》の毛《け》は？　なぜわたしは、髪《かみ》を切《き》らなくてはならなかったんですか？」

バイオレットがたずねました。ホームズが答《こた》えます。

「それはもちろん、アリスさんがあなたと同《おな》じくり色《いろ》の髪《かみ》をして、それを短《みじか》く切《き》っていたからですよ。そうだね、トラーのおかみさん？」

「そうです。アリスおじょうさんは、あの部屋《へや》に入《い》れられる前《まえ》から、毎《まい》日《にち》、ルーカッスルのだんなに、書類《しょるい》にサインをしろとせめられて、とうとう病気《びょうき》になられたんです。六週間《しゅうかん》もねこんで、髪《かみ》もばっさり切《き》っちまったんです。おかわいそうに……。」

「そんなにかわいそうなら、もっと早《はや》く助《たす》ければよかったじゃないか。」

ぼくが聞《き》くと、ホームズは、皮肉《ひにく》な笑顔《えがお》で、

「そりゃ、ファウラーくんが、ねばったおかげだよ。アリスさんを取《と》りもどすために、館《やかた》に通《かよ》いつめたかれは、このおかみさんをときふせ、お金《かね》をわたして味方《みかた》にしたんだが、時間《じかん》がかかってしまった。そして今日《きょう》とうとう、にがすのに成功《せいこう》した……そうだろう？」

「ヘッヘッヘッ、まあ、そういうことさね。」

本格なぞときミステリーを楽しもう！
10歳までに読みたい名作ミステリー
シリーズ
推理がもりだくさん！
ホームズとルパンの
本格ミステリーシリーズ！
読みやすいひみつと、
ドキドキはらはらの
10さつを紹介するよ！

なぞときがもりだくさん、本格ミステリーシリーズ!

10歳までに読みたい 名作ミステリー

全⑩巻

シャーロックがかっこいい！ワトスンになって推理に協力したい!!（6年男子）

＼名推理で、事件を解決！／

名探偵 シャーロック・ホームズ

コナン・ドイル／作
芦辺拓／文

なぞの赤毛クラブ

赤毛の男性しか入れないふしぎな会には、ある秘密が…。『なぞの赤毛クラブ』『くちびるのねじれた男』の全２話収録。

ガチョウと青い宝石

ひょうんなことから手に入れたガチョウの中から、宝石が!?『ブナの木館のきょうふ』『ガチョウと青い宝石』の全２話収録。

ホームズ最後の事件!?

ワトスンをおとずれたホームズが、けがをしていて…。『ボヘミア王のひみつ』『ホームズ最後の事件!?』の全２話収録。

おどる人形の暗号

ホームズがワトスンにわたした１枚の紙には、ふしぎな絵が…。『おどる人形の暗号』『からっぽの家の冒険』の全２話収録。

バスカビルの魔犬

名家・バスカビル家の主人が死体で発見された。ホームズとワトスンは事件の調査をするが、そこには魔物のような犬が…。

ハラハラ、ドキドキで、ページをめくる手がとまりませんでした。（5年男子）

読書をあまりしない息子が、読んでみたいと言いだし購入しました。「おもしろい」と言って夢中で読んでます。（4年親）

ルパンみたいに頭がよくなりたいです。よわい人にやさしいところがカッコイイ。（3年女子）

＼ 天オルパンの大冒険！ ／

怪盗アルセーヌ・ルパン

モーリス・ルブラン／作
二階堂黎人／文

あやしい旅行者

ルパンがのりこんだとみられる特急の中で、おどろく事件が!?『あやしい旅行者』『赤いスカーフのひみつ』の全2話収録。

あらわれた名探偵

ついに世界一といわれる、あのイギリスの名探偵も登場!?『古づくえの宝くじ』『あらわれた名探偵』の全2話収録。

王妃の首かざり

ルパンが怪盗紳士となった理由が、明かされる!?『王妃の首かざり』『古いかべかけのひみつ』の全2話収録。

少女オルスタンスの冒険

なぞの人物レニーヌ公爵と少女オルスタンスが事件にいどむ、『砂浜の密室事件』『雪の上の足あと』の全2話収録。

813にかくされたなぞ

ルパン、パリ警察、ドイツ皇帝、そしておそろしい殺人鬼が、「813」という暗号をめぐって、死闘をくりひろげる！

② カラーイラストがいっぱい!

色あざやかなさし絵で、お話がイメージしやすいよ。

カラーの絵のおかげで、物語の中に入った気分になれました。（４年女子）

③ 楽しく文章が読める!

小学生が楽しめるように、くふうがいっぱい！
むずかしい言葉には、説明もついているよ。

文章がちょうどよくて、おもしろい！（３年男子）

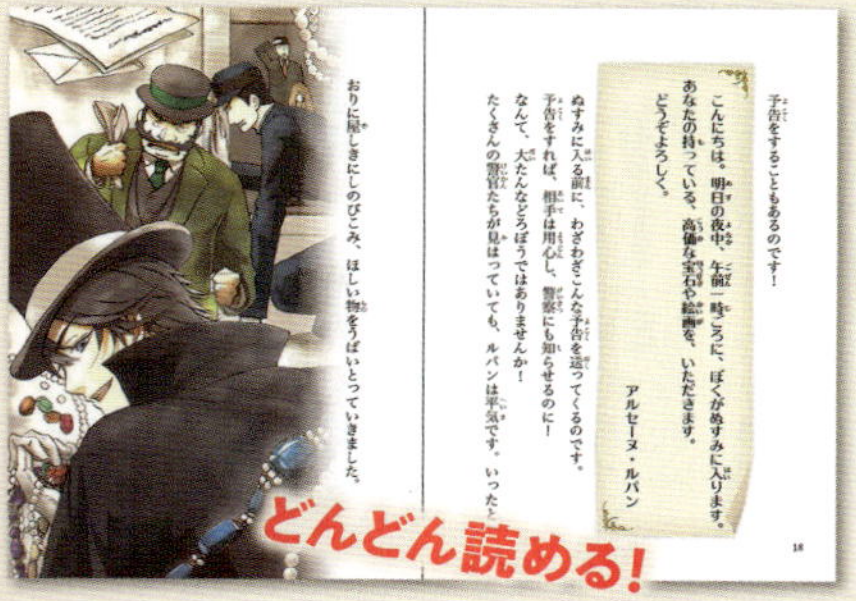

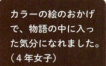

10歳までに読みたい名作シリーズ

人気のひみつ!

1 どんなお話か、ひとめでわかる物語ナビつき!

登場人物や、お話に出てくる場所の地図などをイラストや写真で、ていねいに紹介！

ぱっとわかる、登場人物たち

物語ナビ、すごくいいです。わかりやすいし、本文に入りやすい。（6年親）

物語ナビには、建物などの写真もあり、とてもわかりやすい。（4年親）

開くと……お話の世界がまるわかり!

一度は読んでおきたい日本の名作!

10歳までに読みたい 日本名作

全⑫巻　監修／加藤康子

知っておいてほしい話だったこと、絵もあり、字も大きいので読みやすそうだと思い、購入しました。（３年親）

①銀河鉄道の夜
宮沢賢治／作　芝田勝茂／文
少年ジョバンニが、親友と鉄道に乗り、ふしぎな旅に出る──。

③走れメロス／くもの糸
太宰治・芥川龍之介／作
楠章子／文
ほか『杜子春』を収録。生きるとはどういうことかを伝える。

⑤手ぶくろを買いに
／ごんぎつね
新美南吉／作
ほか『花のき村と盗人たち』『決闘』など５作品を収録。

②竹取物語
／虫めづる姫君
越水利江子／文
自分らしく、強く生きた、姫君たちの物語を２作品収録。

④里見八犬伝
曲亭馬琴／作　横山充男／文
運命の仲間、信乃たち八人の犬士の、たたかいと友情の物語。

⑥平家物語
弦川琢司／文
源氏と平家のたたかいが、日本全国でくりひろげられる──。

はじめて読んだけど、意味がわかりやすくて、読みやすかった。（３年女子）

これが読めたから、原作の長いお話も読んでみたいと思いました。（５年男子）

つぎは、どれが読みたい？

⑦少年探偵団
対決！怪人二十面相
江戸川乱歩／作　芦辺拓／文
子どもたちが宝石をねらう怪人二十面相に、推理でたたかう！

⑨坊っちゃん
夏目漱石／作　芝田勝茂／文
正義感あふれる坊っちゃんが教師となり、大騒動が起こる！

⑪注文の多い料理店
／野ばら
宮沢賢治・小川未明／作
ほか『セロひきのゴーシュ』『月夜とめがね』など５作品を収録。

⑧古事記
〜日本の神さまの物語〜
那須田淳／文
ふしぎでおもしろい、日本の神さまたちが大活やくする物語。

⑩東海道中膝栗毛
弥次・北のはちゃめちゃ旅歩き！
十返舎一九／作　越水利江子／文
江戸から伊勢までの、弥次さんと北さんのどたばた旅行！

⑫源氏物語
姫君、若紫の語るお話
紫式部／作　石井睦美／文
姫君、若紫が語る、美しく、ときに悲しい源氏の君の物語。

「まあ、あきれた！」

おかみさんの悪《わる》びれないようすに、バイオレットがさけびました。

ともあれ、こうしてブナの木館《きやかた》のおそろしい事件《じけん》は解決《かいけつ》しました。

ルーカッスルは、命《いのち》は助《たす》かったものの、その後《ご》ずっと、ねこんでいます。アリス・ルーカッスルさんはファウラーくんとすぐに結婚《けっこん》し、今《いま》はアフリカのモーリシャスにいます。バイオレット・ハンターさんは、のちに学校《がっこう》の先生《せんせい》になり、それぞれ活《かっ》やくしているということです。

一方《いっぽう》、かのじょのために、あんなにがんばったホームズは、すっかりそんなことなど、わすれたようすです。

ひょっとして、かれはバイオレットのことが、すきになったのかと思《おも》っ

たら、べつにそんなこともなかったのが、なんだかぼくにはものたりませんでした。

そんな思《おも》いをよそに、われらが名《めい》探偵《たんてい》はあいかわらず「おもしろい事《じ》件《けん》がない。たいくつだ」とベーカー街《がい》の部屋《へや》でなげいているのでした。

（「ブナの木館《きやかた》のきょうふ」おわり）

エピソード
02

ガチョウと青《あお》い宝《ほう》石《せき》

1 クリスマスの落《お》としもの

ロンドンじゅうが、賛美歌《さんびか》と、どんちゃんさわぎにあふれたクリスマスから二日《ふつか》たった、十二月《がつ》二十七日《にち》のことです。

ぼくがベーカー街《がい》の部屋《へや》に入《はい》っていくと、シャーロック・ホームズは、むらさき色《いろ》のガウンを着《き》て、ソファーにもたれ、じっと何《なに》か考《かんが》えこんでいました。

近《ちか》くにはパイプがおかれ、それと新聞《しんぶん》が何部《なんぶ》か。ソファーのそばには木《き》のいすがあって、背《せ》もたれのところに、ぼうしが一《ひと》つ、引《ひ》っかけてありました。

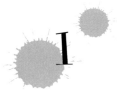

見《み》たこともない、古《ふる》ぼけたぼうしでした。いすの上《うえ》には、虫《むし》めがねとピンセットがあって、どうやら、このぼうしを調《しら》べていたようすです。これはまた、何《なに》か事件《じけん》かなと思《おも》ったので、ぼくはホームズがふだんよく使《つか》う、ひじかけいすにこしかけながら、

「どうやら、そのぼうしにまつわる犯罪《はんざい》でも、起《お》きたようだね。きみの推理《すいり》のおかげで、世《よ》にもおそろしい犯人《はんにん》がまた一人《ひとり》、つかまえられるというわけか。」

そういうと、ホームズはにこっとわらいながら、首《くび》をふりました。

「いや、これは、そういうのとはちがうんだ。何《なに》しろ、このロンドンには、四百万《まん》もの人《ひと》がひしめいているんだから、いろいろとへんなことが起《お》きてもおかしくない。

このぼうしにまつわる出来事《できごと》も、その一《ひと》つで、おそらく犯罪《はんざい》とは、なんの関係《かんけい》もないだろうね。」

「そうか……でも、そんなものが、どうしてきみのところに、まいこんだんだい。」

「べんり屋《や》のピータースンが持《も》ってきたんだよ。かれのことは知《し》っているだろう。」

「ああ、知《し》っているとも。すると、それはかれのぼうしなんだね。」

ぼくはうなずくと、たずねました。ピータースンというのは、軍隊《ぐんたい》をやめた人《ひと》たちでつくる組合《くみあい》に入《はい》っていて、そこで引《ひ》きうける、いろいろな仕事《しごと》をしている男《おとこ》でした。

「いや、ピータースンが、ふとしたことから拾《ひろ》った物《もの》なんだ。おとといのクリスマスの朝《あさ》、一羽《わ》の太《ふと》ったガチョウといっしょにね。もっとも、ガチョウはかれが持《も》って帰《かえ》って、家族《かぞく》といっしょに、おいしくいただいたろうから、ここにぼうしだけが、のこったというわけなんだ。」

なんだか、おもしろそうなことになってきました。そこで、ホームズに話《はなし》のつづきをしてもらうと、それはこんなふうな出来事《できごと》なのでした。

2

古《ふる》いぼうしから見《み》えたもの

「ピータースンというのは、まじめな男《おとこ》なんだが、クリスマス・イブはふだんとはちがって、一晩中遊《ひとばんじゅうあそ》んだ。やっと家《いえ》に帰《かえ》りかけた朝方《あさがた》のこと、ピータースンは、トテナム・コート通《どお》りで、背《せ》が高《たか》くてぼうしをかぶった男《おとこ》が、ガチョウをかたにかついで、前《まえ》を歩《ある》いていくのと出《で》くわした。白《しろ》くて、しっぽに黒《くろ》いすじが入《はい》ったガチョウで、もちろん、もう生《い》きてはいなかった。

ところが、そのあたりにたむろしていた悪《わる》いやつらが、その男《おとこ》に近《ちか》づいてきて、けんかをしかけてきた。

悪《わる》いやつらの一人《ひとり》が、いきなり男《おとこ》のぼうしをはたきおとした。男《おとこ》は身《み》を守《まも》ろうとステッキをふりあげたのだが、そのひょうしに、後《うし》ろにあったショーウィンドーのガラスをたたきわってしまった。

このときピータースンは、男《おとこ》を助《たす》けてやろうと、かけだしていたのだが、かれが着《き》ている組合《くみあい》の制《せい》服《ふく》は、警官《けいかん》のかっこうと、にているからね。男《おとこ》は、うっかりガラス

をわってしまったところへ、おまわりさんが来《き》たと思《おも》ったのだろう、ガチョウを放《ほう》りだして、どこかにすがたを消《け》してしまった。

　悪《わる》いやつらもにげてしまったので、あとにのこされたのは、ガチョウが一羽《わ》とぼうしが一《ひと》つ。返《かえ》してやろうにも相手《あいて》がわからず、それでとうとう、ぼくのところに持《も》ちこんできた——というわけなんだ。」

ホームズの話《はなし》を聞《き》くうち、どんな大事件《だいじけん》かと期待《きたい》していたぼくは、なんだかおかしくなってしまいました。

「おやおや、何《なに》か手《て》がかりはなかったのかい。」

「ガチョウの足《あし》には、『ヘンリー・ベーカーの夫人《ふじん》へ』と書《か》いた札《ふだ》がくくりつけてあったし、ぼうしには『H《エイチ》・B《ビー》』と、頭文字《かしらもじ》が書《か》いてあったから、持《も》ち主《ぬし》の名前《なまえ》はヘンリー・ベーカーで、まちがいないだろう。だが、こんなへ*いぼんな名前《なまえ》の人《ひと》は、何百人《なんにん》といるだろうし、さがしているうちに、ガチョウがいたんでしまうだろうからと、ピータースンに持《も》って帰《かえ》らせた。」

「で、そのぼうしだけがのこったというわけか。警察《けいさつ》に落《お》とし物《もの》のとどけがあったり、新聞《しんぶん》に、さがし物広告《ものこうこく》が出《で》たりはしていないのかい？」

「ないねえ。」

ホームズが答《こた》えました。

「それじゃあ、何《なに》も手《て》がかりなしか。」

「そういうことだね。まあ、このぼうしを見《み》れば、持《も》ち主《ぬし》がどんな人間《にんげん》かは、だいたいわかるけれどもね。」

ホームズがあっさりといったものですから、ぼくはびっくりしてしまいました。人《ひと》を見《み》て仕事《しごと》やくらしぶりを見《み》ぬくのは、ホームズの得意《とくい》わざですが、持《も》ち物《もの》一《ひと》つからでも同《おな》じことができるというのでしょうか。

「ほんとうかい。こんなぼうしから、何《なに》がわかるというんだ。」

「まあ、見《み》てみたまえよ。正《ただ》しく観察《かんさつ》して、推理《すいり》すれば、きみにもきっとわかるはずだ。」

＊へいぼん……ふつう。ありふれていること。

ホームズがいうので、ぼくはぼうしを手《て》に取《と》ると、かん者《じゃ》をしんさつするときのように、細《こま》かく見《み》てみました。

これといってとくちょうのない、何年《なんねん》か前《まえ》に、よく見《み》たようなデザインのぼうしでした。色《いろ》は黒《くろ》で、さわってみるとかたくて、そうとう使《つか》いふるされています。

ひっくりかえしてみると、うらにはすっかり色《いろ》あせた、赤《あか》い絹《きぬ》の布《ぬの》が、はってありました。何《なに》か細《こま》かいものがくっついているし、においもするようですが、よくはわかりません。

ホームズのいったとおり、「H《エイチ》・B《ビー》」と、らんぼうな文字《もじ》で書《か》いてありましたが、これを作《つく》った会社《かいしゃ》の名前《なまえ》はありません。

よく見《み》ると、つばには二《ふた》つ、小《ちい》さなあなが開《あ》けてありました。とにかくほこりだらけで、あちこちがやぶれているうえ、しみがいっぱいついていて、それをごまかすためか、インクをぬったところもありました。

「うーん、よくわからん。」

ぼくはこうさんして、ぼうしをホームズに返《かえ》しました。いろいろ気《き》づいたところはあったのですが、そこから何《なに》がわかるのか、さっぱり考《かんが》えがまとまらなかったのです。

「わからんことはないと思《おも》うがねえ。ぼくが見《み》たものは、きみも見《み》ているはずなんだから。」

「そんなことといったって、わからないものはしようがないさ。じゃあ、きみはこのぼうしから、どんな推理《すいり》をしたんだね。」

ぼくがきくと、ホームズはぼうしを見《み》つめながら、話《はな》しはじめました。

「そう……このぼうしをかぶっていたのは、かなりしっかりした頭《あたま》の持《も》ち主《ぬし》で、今《いま》は落《お》ちぶれているが、三年前《ねんまえ》までは、ゆたかなくらしをしていたことがあった。昔《むかし》はきちんとした人物《じんぶつ》だったが、何《なに》か悪《わる》い習慣《しゅうかん》、おそらくは酒《さけ》をたくさん飲《の》むくせが、身《み》についてしまったようだ。おくさんに出《で》ていかれてしまったのは、そのせいだな。」

「ちょっとちょっと、ホームズ……。」

ぼくが止《と》めるのも聞《き》かず、ホームズは言葉《ことば》をつづけます。

「しかし、この男《おとこ》にも、ちゃんとした人間《にんげん》でいようという心《こころ》は、のこっているようだ。ほとんど外出《がいしゅつ》することはなく、すわったままですごしている。体《からだ》を動《うご》かすことは、にがてだろうね。頭《あたま》は白髪《しらが》まじりで、ライム入《い》りのクリームを髪《かみ》の毛《け》につけ、二、三日前《にちまえ》に、散髪《さんぱつ》に行《い》ったばかりだ。あと、この男《おとこ》の家《いえ》には、ガスは引《ひ》いていないと見《み》て、まちがいない。」

「ふざけてるのかい、ホームズ。」

「とんでもない。これだけいっても、まだわからないのかい。」

「わからないとも。そもそも、このぼうしの持《も》ち主《ぬし》が、しっかりした頭《あたま》をしているなんて、どうやってわかるんだね。」

「こうすればわかるさ、ほら。」

いうなりホームズは、そのぼうしをひょいっとかぶりました。すると、

ぼうしは、かれのおでこをかくして下《した》までおりてゆき、鼻《はな》に引《ひ》っかかって止《と》まりました。

「このぼうしの持《も》ち主《ぬし》の頭《あたま》は、ぼくよりだいぶ大《おお》きいようだ。これだけ大《おお》きな脳《のう》みそを持《も》っているということは、きっと頭《あたま》がいいということだろう。」

「昔《むかし》はゆたかなくらしをしていて、今《いま》は落《お》ちぶれたというのは？」

「このぼうしは、三年前《ねんまえ》にはやったもので、そうとうな高級品《こうきゅうひん》だ。うら布《ぬの》も上等《じょうとう》だしね。そのときはそんないい物《もの》が買《か》えて、そのあとこんなにぼろぼろになるまで、同《おな》じ物《もの》をかぶっているとしたら、びんぼうになったとしか考《かんが》えられないじゃないか。」

「じゃあ、きちんとした人物《じんぶつ》だったが、悪《わる》い習慣《しゅうかん》がついたというのは？」

「このつばのところに開《あ》けられたあなは、あごひもを通《とお》すためのもので、風《かぜ》がふいてもとばされない用心《ようじん》に、ぼうし屋《や》でつけてもらったのだろう。そのあごひもが切《き》れてなくなったのに、そのままにしているのは、前《まえ》とちがって、いいかげんな人間《にんげん》になってしまったというあらわれだね。」

「ははあ、そういうことになるのか。」

「でも、ぼうしのしみを、インクでぬりつぶそうとしているところからすると、少《すこ》しは、はずかしいという気持《きも》ちがのこっているともいえる。」

「なるほど……。持《も》ち物《もの》一《ひと》つから、そこまで見《み》ぬかれてしまうなんて、こわいような気《き》がしてくるね。」

「白髪《しらが》まじりだとか、散髪《さんぱつ》に行《い》ったこと、どんなクリームを使《つか》っているかは、うら布《ぬの》にくっついた毛《け》を虫《むし》めがねで見《み》れば、すぐわかる。

あと、ぼうしについているほこりは、ざらざらして灰色《はいいろ》をした外《そと》の物《もの》ではなく、部屋《へや》の中《なか》でつく、ふわふわした茶色《ちゃいろ》のわたぼこりだよ。つまり、このぼうしは家《いえ》の中《なか》におきっぱなしで、持《も》ち主《ぬし》がめったに外《がい》出《しゅつ》しないことの証拠《しょうこ》さ。

うら布《ぬの》には、あせのあとがたくさんついていて、こういうあせっかきの人《ひと》は、あまり体《からだ》を動《うご》かしたがらないことが多《おお》いものだよ。」

「家《いえ》にガスを引《ひ》いていないことまで、どうしてわかる？」

「ぼうしについたしみのうち五、六か所《しょ》は、ろうそくがたれたあとだ。家《いえ》へ帰《かえ》るとぼうしをぬぎ、片手《かたて》にろうそくを持《も》って、部屋《へや》に入《はい》る。ガス灯《とう》があれば、しなくていいことだからね。」

「では、おくさんが家《いえ》を出《で》ていったというのは？」

「このぼうしの手《て》入《い》れのひどさからして、ずっとブラシをかけていないのは明《あき》らかだ。男《おとこ》が外出《がいしゅつ》するとき、ぼうしを手《て》入《い》れするのは、おくさんの役目《やくめ》だからね。」

「でも、さいしょから、おくさんがいない、一人《ひとり》ぐらしだったかもしれないじゃないか。」

ぼくは、なんとかホームズの推理《すいり》のあなを、見《み》つけてやろうとしましたが、かれはわらってこういいました。

「おいおい、ガチョウの足《あし》に『ヘンリー・ベーカーの夫人《ふじん》へ』という、札《ふだ》がついていたといったろう。つまり、おくさんはちゃんといて、なかなおりのためのクリスマス・プレゼントとして、ガチョウを持《も》っていくところだったのさ。」

これには、もう、もんくのつけようがありませんでした。ぼくは、すっかりホームズの推理《すいり》にこうさんしながら、いいました。

「いや、お見事《みごと》だ。＊一分《いちぶ》のすきもないとは、まさにこのことだよ。ただざんねんなのは、これが犯罪《はんざい》や事件《じけん》とは、なんの関係《かんけい》もないことで、名探偵《めいたんてい》としてのきみのてがらには、なりそうにないことだねえ。」

「そんなことは、べつにかまわないのさ。ぼくはただ……。」
とホームズがいいかけたときでした。

＊一分《いちぶ》のすきもない…まったくすきがない、弱点《じゃくてん》がない。

いきなりドアを開《あ》けて、とびこんできた男《おとこ》がありました。
なんとそれは、このぼうしと、今《いま》ここにはないガチョウを拾《ひろ》った、べんり屋《や》のピーターースンでした。

「たいへんです、ホームズさん。えらいことになりました。あのガチョウが……ガチョウが……。」

大《おお》あわてにあわて、息《いき》を切《き》らせながらいうピーターースンに、ホームズはわらいながら、答《こた》えました。

「どうしたね、ピーターースン。ガチョウがガチョウが、って、まさかあのとき持《も》って帰《かえ》ったのが、生《い》きかえって、台所《だいどころ》からとんでにげていきでもしたのかい。」

「いや、そんなんじゃないんです。あのガチョウの腹《はら》の中《なか》から、こんな物《もの》が出《で》てきたんですよ。と、とにかく、これを見《み》てください！」

そうさけびながら、ピータースンは、ぼくらに向《む》かって手《て》をつきだしました。その中《なか》にあったのは、じつにおどろくべきものだったのです。

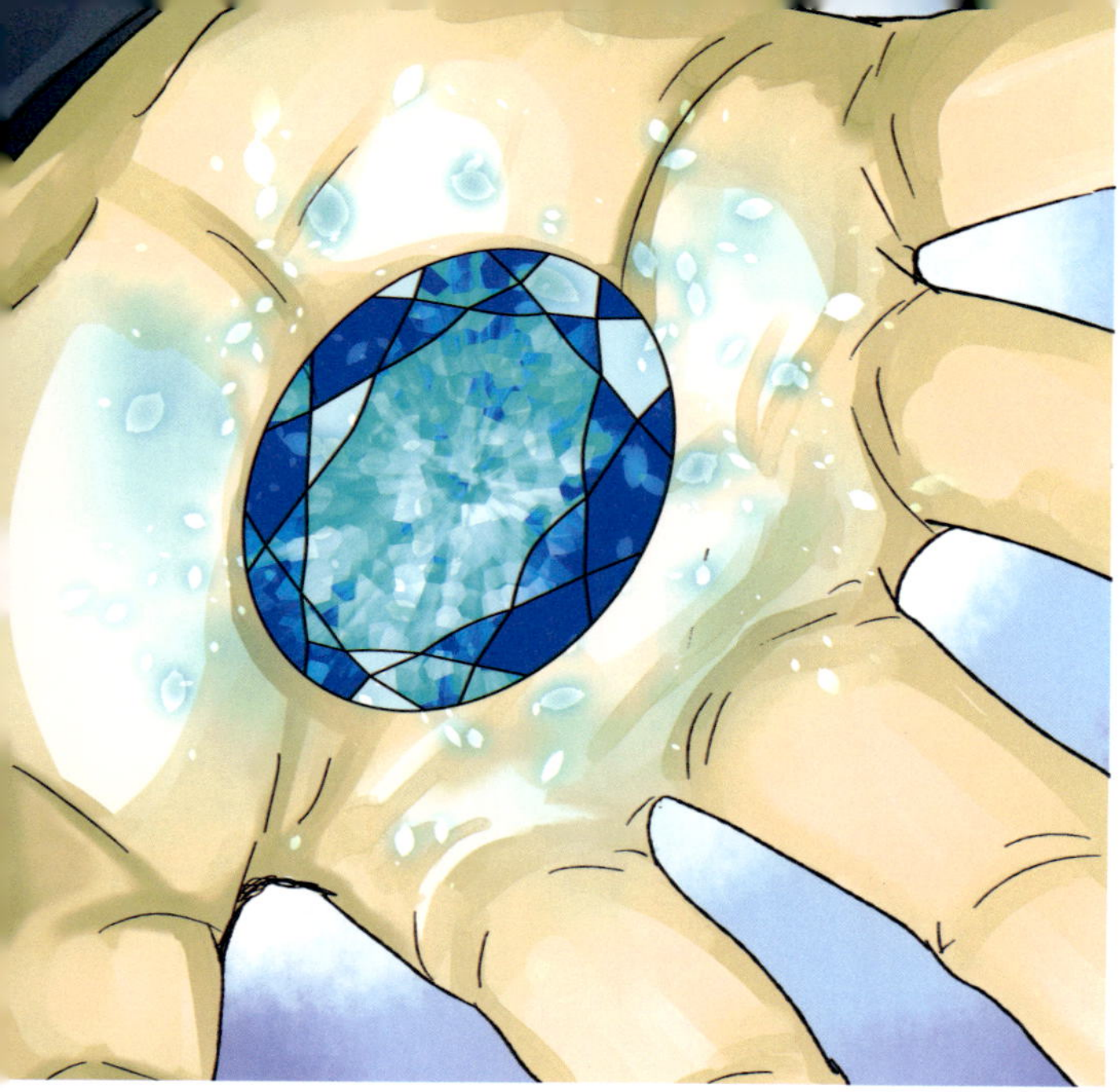

3 ガチョウのおなかから出《で》てきたもの

それは、青《あお》くキラキラとかがやく、石《いし》でした。

いいえ、ただの石《いし》ではありません。宝石《ほうせき》です。それも、そら豆《まめ》よりやや大《おお》きめの、めったに見《み》ることのできない、りっぱな宝石《ほうせき》でした。

「こ、これは……。」

ぼくは思《おも》わず、うなってしまいました。

3　ガチョウのおなかから出てきたもの

ピータースンの話《はなし》によると、ホームズの元《もと》に、あのぼうしをあずけ、自分《じぶん》はガチョウをもらって帰《かえ》ったのですが、それをおかみさんが料理《りょうり》しようとしたところ、えぶくろ[*1]から、これが出《で》てきたというのです。

「なるほどね。そういうことだったのか。」

三人《にん》の中《なか》で、ホームズだけが落《お》ちつきはらって、いいました。

「どれ、宝石《ほうせき》を見《み》せてもらおうか。……ほほう、見事《みごと》なものだね。これはびっくりするのも、無理《むり》はない。まさか、あのモーカル伯爵夫人《はくしゃくふじん》[*2]の青《あお》いガーネット[*3]に、こんな形《かたち》でお目《め》にかかれるとはね。」

その言葉《ことば》に、ぼくは、ますますびっくりせずにはいられませんでした。

「えっ！　モーカル伯爵夫人《はくしゃくふじん》の青《あお》いガーネットって、あの毎日《まいにち》のように新聞《しんぶん》にさがし物《もの》の懸賞広告《けんしょうこうこく》が出《で》ている、あの宝石《ほうせき》かい？」

＊1えぶくろ…ここでは鳥《とり》の胃《い》ぶくろのこと。　＊2伯爵《はくしゃく》…貴族《きぞく》に使《つか》われるよび名《な》の一《ひと》つ。
＊3ガーネット…ざくろ石《いし》のこと。宝石《ほうせき》として用《もち》いられ、黄《き》・赤《あか》・緑《みどり》・青《あお》・こげ茶《ちゃ》・黒《くろ》などの色《いろ》がある。

「そうだ。」

ホームズは、うなずきました。

「たしか、コスモポリタン・ホテルでぬすまれた？　犯人《はんにん》らしい男《おとこ》はつかまったものの、かんじんの宝石《ほうせき》は見《み》つからなくて、千*ポンドの懸賞《けんしょう》金《きん》をかけて、行方《ゆくえ》をさがしているんだっけね。」

ぼくは、新聞記事《しんぶんきじ》を思《おも》いだしながら、いいました。

「せ、千ポンド！」

ピータースンは、目《め》を丸《まる》くしました。ホームズは首《くび》をふって、

「いや、宝石《ほうせき》の値段《ねだん》はその二十倍《ばい》、二万《まん》ポンドはするだろうね。そして、これには伯爵夫人《はくしゃくふじん》の財産《ざいさん》と、一人《ひとり》の男《おとこ》の運命《うんめい》がかかっている……。」

ホームズは、そういうと、新聞《しんぶん》の山《やま》をかきまわしました。やがて見《み》つ

けだした紙面《しめん》には、こんな記事《きじ》がのっていました。

コスモポリタン・ホテルで宝石《ほうせき》どろぼう

二十二日《にち》、青《あお》いガーネットとして有名《ゆうめい》な、モーカル伯爵夫人《はくしゃくふじん》の宝石《ほうせき》がぬすまれ、そのうたがいで工事人《こうじにん》のジョン・ホーナー（二十六歳《さい》）がたいほされた。

ホーナーは、伯爵夫人《はくしゃくふじん》がとまっていた部屋《へや》のだんろが、こわれかけていることから、修理《しゅうり》に来《き》た。夫人《ふじん》は外出中《がいしゅつちゅう》で、ホテルで客室係《きゃくしつがかり》をしているジェームズ・ライダーが立《た》ちあっていたが、べつの用事《ようじ》でいったんはなれたあと、もどってみると、ホーナーのすがたはなく、部屋《へや》があらされていた。

*千ポンド…今《いま》のお金《かね》で、約《やく》二千四百万円《まんえん》。

たんすがこじあけられ、夫人《ふじん》が宝石《ほうせき》を入《い》れていた小箱《こばこ》が、空《から》っぽになっていた。

夫人《ふじん》のメイドのキャサリン・キューザックが、すぐかけつけて、このようすをかくにんし、警察《けいさつ》にとどけた。

ライダーの話《はなし》から、ホーナーがぬすんだうたがいが強《つよ》いと考《かんが》えられ、ただちに逮捕《たいほ》された。たんとうのブラッドストリート警部《けいぶ》によると、ホーナーは「おれはやっていない。無実《むじつ》だ」とさけんで、たいへんあばれたとのこと。

だが、ホーナーは前《まえ》にぬすみをしたことがあり、いよいよ、うたがわしいということで、裁判《さいばん》にかけられることになったが、ひどくこうふんして手《て》がつけられないという……。

「まあ、とうぜんのなりゆきだろうね。」

ホームズは新聞《しんぶん》を投《な》げだすと、考《かんが》えこみました。

「ぼくたちが考《かんが》えなくてはならないのは、ぬすまれた宝石《ほうせき》が、何《なに》がどうなって、ガチョウのおなかの中《なか》におさまったかだ。なんだか、大事件《だいじけん》になってきたじゃないか、ワトスン。ガチョウをかついでいたのは、このきたないぼうしの持《も》ち主《ぬし》であるヘンリー・ベーカー。さっき、さんざん、ぼくがとくちょうを推理《すいり》した、この男《おとこ》をさがしだすのが、いちばんだね。」

「だが、どうやってさがすんだ。」

ぼくがきくと、ホームズは「その紙《かみ》とえんぴつを取《と》ってくれ」と、たのんでから、いいました。

「ここはよくある手《て》で、新聞《しんぶん》に広告《こうこく》を出《だ》そう。『ヘンリー・ベーカーさま。グッジ街《がい》の角《かど》でガチョウと黒《くろ》いぼうしを拾《ひろ》いました。今夜六時半《こんやじはん》にベーカー街《がい》二二一B《ビー》まで、受《う》けとりに来《き》てください』――よし、こんなものでいいだろう。」

「うまく見《み》つけてくれるかな。」

「ヘンリー・ベーカーは、ぼくの推理《すいり》では、くらしにこまっているのだし、つまらないけんかにまきこまれて、ぼうしとガチョウを一《いっ》ぺんになくしたんだから、なんとか見《み》つからないものかと気《き》をつけて、新聞《しんぶん》を見《み》ていると思《おも》うよ。それに新聞《しんぶん》に名前《なまえ》を書《か》いておけば、ヘンリー・ベーカーの知《し》り合《あ》いも気《き》づくだろうしね。……そうだ、ピータースン。」

「なんですか、ホームズさん。」

「きみが見《み》つけたこの宝石《ほうせき》なんだが、すぐ伯爵夫人《はくしゃくふじん》に返《かえ》せば、きみもお礼《れい》がもらえるが、その前《まえ》にちょっとてつだってほしいんだ。今書《いまか》いたこれを広告会社《こうこくがいしゃ》に持《も》っていって、主《おも》な夕刊《ゆうかん》にのせてもらってくれ。」

「わかりました。ほかに何《なに》か？」

「そうだ、ガチョウを一羽《わ》、買《か》ってきてもらわなくっちゃ。ベーカーに返《かえ》す分《ぶん》は、きみの家《いえ》で食《た》べてしまったからね。」

ピータースンが出《で》ていくと、ホームズはピータースンが持《も》ってきた宝《ほう》石《せき》を、明《あ》かりにすかして見《み》ながら、感心《かんしん》したようにいいました。

「どうだね。このすばらしいかがやきは！　でも、こうした宝石《ほうせき》の美《うつく》しい光《ひかり》が、人間《にんげん》に悪《わる》い心《こころ》を起《お》こさせるのだから、こまったものだ。ガーネットといえば血《ち》のように赤《あか》いものだが、これは青《あお》い。中国《ちゅうごく》で見《み》つかっ

たのは、二十年《ねん》ほど前《まえ》のことなんだが、今日《きょう》までの間《あいだ》に、これを手《て》に入《い》れたたくさんの人《ひと》を不幸《ふこう》にしてきた。ぬすみだけでなく殺人《さつじん》に自殺《じさつ》……大《おお》けがをした者《もの》もいた。なんの役《やく》にも立《た》たない、こんな美《うつく》しいおもちゃみたいな物《もの》が、人《ひと》をろう屋《や》に入《い》れたり、時《とき》には死刑《しけい》にしたりするのだから、おそろしいねえ。」

「ろう屋《や》といえば、きみは逮捕《たいほ》されたホーナーは、無実《むじつ》だと思《おも》うか。」

ぼくが聞《き》くと、ホームズは首《くび》をふりました。

「それは、まだわからないね。」

「じゃあ、ヘンリー・ベーカーはどうだろう。」

「ベーカーは、ピータースンを警官《けいかん》とまちがえたとき、ガチョウを放《ほう》りだしてにげたくらいだから、あんな宝石《ほうせき》を飲《の》みこんでいたとは、知《し》らなかったんじゃないかな。とにかく、新聞広告《しんぶんこうこく》が出《で》て、本人《ほんにん》がここへたずねてきてからの話《はなし》だね。」

「それは、まだだいぶ先《さき》だね……じゃあ、ぼくはしんさつがすんだら、また来《く》るよ。」

「そうしたまえ。そういえば、大家《おおや》のハドスンさんが、今日《きょう》の晩《ばん》ごはんは、＊ヤマシギだといっていたよ。」

ハドスンさんとは、ベーカー街《がい》のこの部屋《へや》を、ぼくたちにかしてくれた四十歳《さい》くらいの女《おんな》の人《ひと》です。

「へえ。じゃあ、それも楽《たの》しみにするとしようかな。」

ぼくがそういうと、ホームズはゆかいそうにわらって、

「そうそう、また宝石《ほうせき》が、おなかから出《で》てくるかも知《し》れないしね。」

そんなじょうだんをいったのでした。

＊ヤマシギ…山地《さんち》にすむシギ科《か》の鳥《とり》。全長《ぜんちょう》およそ三十五センチメートル。黒《くろ》・灰《はい》・こげ茶色《ちゃいろ》などの細《こま》かいもようがあり、くちばしがまっすぐで長《なが》い。

4 宝石《ほうせき》の代《か》わりに手《て》に入《い》れたもの

　医者《いしゃ》としての仕事《しごと》を終《お》えたあと、ベーカー街《がい》にもどったのは、新聞広告《しんぶんこうこく》にのせた六時《じ》半《はん》より少《すこ》しおくれてのことでした。ちょうど、げんかんの前《まえ》に、つばのない毛糸《けいと》のぼうしをかぶった、背《せ》の高《たか》い男《おとこ》が立《た》っていて、ぼくはその人《ひと》といっしょに中《なか》に入《はい》りました。

　そばでそっと見《み》ると、その人《ひと》は頭《あたま》がずいぶん大《おお》きく、かしこそうな顔《かお》をしています。でも、服装《ふくそう》はそまつで、鼻《はな》の先《さき》とほおの赤《あか》いこと、手《て》がかすかにふるえていることから、かなりお酒《さけ》を飲《の》むのではないかと、想像《そうぞう》しました。

この人《ひと》がひょっとして……と思《おも》いながら、ホームズがいる部屋《へや》に入《はい》ると、
「どうぞ、あなたが、ヘンリー・ベーカーさんですね。」
男《おとこ》が「そうです」と答《こた》えたので、ホームズは愛想《あいそ》よく、だんろのそばのいすをすすめました。
「さあ、こちらへおかけください。ワトスン、ちょうどいいときに来《き》たね。この方《かた》が、あのぼうしの持《も》ち主《ぬし》のベーカーさんだよ。――これは、あなたの物《もの》ですね。」

ホームズがさしだしたぼうしを、ベーカーは受《う》けとると、

「いやあ、助《たす》かりました。こちらから、さがし物《もの》の広告《こうこく》を出《だ》そうとも思《おも》ったんですが、お金《かね》もかかりますし、どうせ、あのらんぼうなやつらに持《も》っていかれたのだから、出《だ》してもむだだと思《おも》いましてね。」

「そうでしたか。それで、もう一《ひと》つの落《お》とし物《もの》のガチョウのほうなんですがね。」

「はい。」

「じつは、もう食《た》べてしまいましてね。」

「えっ！」

ベーカーはびっくりして、いすからこしをうかしました。

「まあまあ、あのままおいておいたら、くさってしまいますからね。そ

こで、あそこに同《おな》じようなガチョウの新《あたら》しいのが一羽《わ》あるので、それを代《か》わりにさしあげようと思《おも》うんですが、それでどうでしょう。」

ホームズが指《ゆび》さした食器《しょっき》だなには、丸々《まるまる》としたガチョウが、のせてありました。べんり屋《や》のピーターースンが買《か》ってきたものでしょう。

「ああ、それなら、もちろんけっこうですとも。」

ベーカーは、ほっと安心《あんしん》したようすで、うなずきました。

「ただし、一羽目《わめ》のガチョウも、全部《ぜんぶ》食《た》べてしまったのではなく、羽《はね》や足《あし》、それにえぶくろはのこしてありますから、お入《い》り用《よう》なら持《も》って帰《かえ》ってください。」

ホームズがいうと、ベーカーはふきだしてしまいました。

「いやいや、べつにあのときのガチョウでなくてもいいんですから、今《いま》ここにあるものをいただければけっこうです。」

ベーカーの答《こた》えを聞《き》くと、ホームズは、ぼくのほうをちらっと見《み》てから、何気《なにげ》ないようすでいいました。

「そうですか。では、あの鳥《とり》をお持《も》ちになってください。ところで、あなたに一《ひと》つ、うかがいたいことがあるのですが……。」

「はい、なんでしょう。ホームズさん。」

「あのガチョウは、どこで手《て》に入《い》れたものなのですか。あんまりにもおいしかったので、どこで買《か》えるのか知《し》りたくなりましてね。」

「ああ、そんなことでしたら、お安《やす》いご用《よう》ですよ。」

ベーカーは、ぼうしとガチョウをかかえて立《た》ちながら、いいました。

「大英博物館《だいえいはくぶつかん》の近《ちか》くに、仲間《なかま》が集《あつ》まる酒場《さかば》がありまして、店《みせ》の名《な》を『アルファ』というのです。そこの主人《しゅじん》のウィンディゲートという男《おとこ》が、ガチョウクラブというのを作《つく》りましてね、毎月《まいつき》、少《すこ》しずつお金《かね》をあずけておくと、クリスマスにガチョウが一羽《わ》もらえることになっていて、わたしもそこに入会《にゅうかい》していたのですよ。

それで、ようやく妻《つま》にプレゼントができると思《おも》ったら、大事《だいじ》にしていたぼうしごと、なくしてしまって……でも、おかげさまで二《ふた》つとも取《と》りもどせてよかったですよ。それでは、さようなら……。」

ベーカーが出《で》ていったあとで、ホームズはぼくと顔《かお》を見合《みあ》わせ、いいました。

「ヘンリー・ベーカーは、宝石《ほうせき》のことは知《し》らなかったようだ。宝石《ほうせき》の代《か》わりに新《あたら》しいガチョウとは、わりに合《あ》わないかもしれないが……。」

「それで、おくさんと、なかなおりができればいいさ。」

ぼくがいうと、ホームズは「そうだね」とうなずいて、

「さて、この次《つぎ》は……ワトスン、きみはすぐ食事《しょくじ》にしたいかい？」

「いや、そんなには、おなかはすいていないから、だいじょうぶだよ。」

「じゃあ、ハドスンさんにいって、ヤマシギ料理《りょうり》は夜食《やしょく》にとっておいてもらおう。手《て》がかりを追《お》って、出《で》かけることにするが、いいかね。」

「もちろんさ。」

とても寒《さむ》い晩《ばん》だったので、ぼくらは長《なが》いコートを着《き》て、しっかりマフラーをして出《で》かけました。大英博物館《だいえいはくぶつかん》の近《ちか》くに着《つ》くと、ヘンリー・ベーカーのいっていたアルファ酒場《さかば》に入《はい》り、ビールを注文《ちゅうもん》しました。

「ああ、このビールが、ここのガチョウに合《あ》う味《あじ》なら、どんなにおいしかろうなあ。」

「え、当店《とうてん》のガチョウですって。」

白《しろ》い前《まえ》かけをした、ここの主人《しゅじん》はびっくりしたようすです。

「そうだよ。ついさっきも、ヘンリー・ベーカーさんと、その話《はなし》をした

ところさ。あの人《ひと》は、ここのガチョウクラブのメンバーなんだろう。」

「ああ、あのことですか。でも、あのガチョウは、当店《とうてん》のものというわけではないんですよ。」

「へえ、じゃあ、どこのものなのかい？」

「*コベントガーデンの店《みせ》から、二ダース仕入《しい》れたんですよ。」

「なんていう名前《なまえ》の店《みせ》だい。ぼくの知《し》っているところかな。」

「店《みせ》の主人《しゅじん》と同《おな》じ、ブレッキンリッジという名前《なまえ》です。」

「ああ、そうかい。いろいろありがとう。ごちそうさま！」

アルファ酒場《さかば》を出《で》ると、外《そと》はあいかわらずの寒《さむ》さです。ホームズはコー

トのボタンをとめながら、

「さあ、次《つぎ》は店《みせ》の主人《しゅじん》と同名《どうめい》の店《みせ》だ。ガチョウが売《う》られてきたあとをたどるなんて、ばかばかしいようだけれど、このままだとジョン・ホーナーという男《おとこ》が、宝石《ほうせき》どろぼうの罪《つみ》で、刑務所《けいむしょ》に送《おく》られてしまう。そうなったら七年間《ねんかん》は出《で》られないだろう。このままにしてはおけないよ。」

「でも、ことによったら、ホーナーがほんとうに犯人《はんにん》だったという証拠《しょうこ》が出《で》るかもしれないよ。それでもかまわないのかい。」

ぼくが心配《しんぱい》してきくと、ホームズはきっぱりと答《こた》えました。

「かまわないさ。ぼくたちは、警察《けいさつ》が見落《みお》とした、大事《だいじ》な手《て》がかりをつかんでいる。最後《さいご》まで、これを追《お》いかけてみよう。さあ、コベントガーデンのある南《みなみ》を向《む》いて、早足《はやあし》で前進《ぜんしん》だ！」

＊コベントガーデン…イギリスのロンドン中心部《ちゅうしんぶ》にあり、商店《しょうてん》などでにぎわう場所《ばしょ》。

5 金貨《きんか》の代《か》わりにつかんだもの

ブレッキンリッジの店《みせ》は、市場《いちば》の中《なか》にありました。ただ、こまったことに、ここの主人《しゅじん》はおこりっぽいのか、うたぐりぶかいのか、いきなりけんかごしで、ぼくらをむかえたのでした。

「おまえさんたちは、何者《なにもの》だね。うちがガチョウをどこから買《か》ったかなんてことを知《し》って、いったいどうしようというんだね。

いきなりやってきて、何《なに》も買《か》わずに『アルファ酒場《さかば》におろしたガチョウは、どこから仕入《しい》れた？』なんてきかれちゃ、まるでうちの商売《しょうばい》にけちをつけられたようなもんだ。それも次《つぎ》から次《つぎ》へと……。」

ブレッキンリッジは、馬《うま》のような長《なが》い顔《かお》をして、ほおひげを生《は》やし、なかなかのはく力《りょく》です。でも、ホームズはちっともひるまずに、

「まあまあ、そうおこりなさんな。ほかの人《ひと》はともかくとして、ぼくはただ、アルファ酒場《さかば》で食《た》べたガチョウが、いなかで飼《か》われていたものか、それとも都会育《とかいそだ》ちか、友《とも》だちと当《あ》てっこをしたんだよ。ぼくは、いなかのガチョウだというほうに、五ポンドかけたんだがね。」

「ふふん、そんなことなら、かけはあんたの負《ま》けだ。あれは、都会育《とかいそだ》ちだよ……おっと。」

ブレッキンリッジは、ポケットにつっこんでいた新聞《しんぶん》が、落《お》ちそうになったのをもどしながら、いいました。

「まちがいないかい。」

「ないともさ。」

「じゃあ、一*1ソブリンかけるかい？」

ホームズがいったとたん、ブレッキンリッジの目《め》がキラッとかがやきました。

「よし、かけよう。……ビル、*2帳簿《ちょうぼ》を持《も》ってきな。」

そばではたらいていた少年店《しょうねんてん》員《いん》をよびつけて、商売《しょうばい》のことを記録《きろく》した帳簿《ちょうぼ》を持《も》ってこさせま

した。ブレッキンリッジは、にやにやしながら、そのページをめくっていましたが、やがてあるところで指《ゆび》を止《と》めると、

「ほうれ、ここをごらん。『ブリクストン通《どお》り一一七のオークショット夫人《ふじん》から、ガチョウ二十四羽《わ》を七シリング*3六ペンス*4で仕入《しい》れ』とある。そして、こっちは『十二月《がつ》二十二日《にち》、アルファ酒場《さかば》のウィンディゲートに、十二シリングで売《う》りわたし』とある。これで、あのガチョウが都会《とかい》で生《う》まれ育《そだ》ったことがわかったろう。」

勝《か》ちほこったようにいいました。

ホームズは、いまいましそうにソブリン金貨《きんか》を出《だ》すと、ブレッキンリッジの目《め》の前《まえ》におきました。そのまま、店《みせ》の外《そと》へ出《で》て四、五メートルほど歩《ある》いたかと思《おも》うと、声《こえ》を出《だ》さずに大《おお》わらいしはじめました。

*1ソブリン…イギリスの金貨《きんか》の名前《なまえ》。一ソブリンは今《いま》のお金《かね》で約《やく》二万《まん》四千円《えん》。　*2帳簿《ちょうぼ》…お金《かね》や品物《しなもの》の出《だ》し入《い》れなどを書《か》きいれるノート。　*3シリング…イギリスで以前《いぜん》使《つか》われていたお金《かね》（硬貨《こうか》）の単位《たんい》。　*4ペンス…イギリスのお金《かね》の単位《たんい》。硬貨《こうか》。

「あの男《おとこ》のふんいきを見《み》て、しかも、ポケットから競馬新聞《けいばしんぶん》をのぞかせているることから、かけごとがすきだろうと想像《そうぞう》したのだが、大当《おおあ》たりだったね。ああいう気《き》むずかし屋《や》というのは、たとえ目《め》の前《まえ》に百ポンドのお金《かね》をつまれたって、だめなときはだめなものだよ。」

「きみのしばいのうまいのには、まったくあきれるね。」

「まあね。さて、いよいよぼくたちの捜査《そうさ》も、そろそろ終《お》わりに近《ちか》づいてきたが、このあとはどうしたものかな。これからガチョウを売《う》った、オークショット夫人《ふじん》をたずねてもいいが、もう時間《じかん》がおそいからね。明日《あした》にしたほうがいいとは思《おも》うが、さっきの話《はなし》では、あのガチョウのことを調《しら》べているのは、ぼくたちだけではないらしいし……。」

そういえば、あの男《おとこ》はたしかに「次《つぎ》から次《つぎ》へと」といっていました。

ならば、急《いそ》いだほうがいいのかもしれない――と思《おも》ったときでした。たった今《いま》、出《で》てきたばかりの店《みせ》の前《まえ》で、何《なに》かさわぎが起《お》きたのです。見《み》ると、店先《みせさき》のランプの明《あ》かりにてらされて、ネズミのような感《かん》じの顔《かお》をした小《こ》がらな男《おとこ》が立《た》っています。その男《おとこ》に向《む》かって、ブレッキンリッジがこぶしをふりあげ、どなりつけているのでした。

「まったくどいつもこいつも、ガチョウをどこから買《か》ってどこへ売《う》ったと、なんでそんなことばかりききに来《く》るんだ。あんたもそんなに知《し》りたきゃ、オークショット夫人《ふじん》のところへ行《い》けよ。」

「あ、あの、前《まえ》にもいいましたが、じつはあのガチョウの中《なか》に、わたしのが一羽《わ》まじっていたんです。オークショット夫人《ふじん》のところでたずねたら、ここへ行《い》けって教《おし》えられたんですよ。」

ネズミみたいな顔《かお》の男《おとこ》は、おそるおそる、たずねるのです。

「そんなこと、おれが知《し》るものか。とっととうせろ！」

ブレッキンリッジが、なぐりかからんばかりにしたので、ネズミみたいな男《おとこ》は、あわてでにげだしました。そのようすを見《み》ながら、

「これは、ブリクストン通《どお》りまで行《い》く手間《てま》が、はぶけるかもしれないね。あの男《おとこ》をつかまえて、話《はなし》をきいてみよう。」

ホームズはそういうと、ぼくとともに男《おとこ》のあとをついていきました。人《ひと》ごみをぬけて、すぐに男《おとこ》に追《お》いつくと、いきなり後《うし》ろからポンとかたをたたきました。

ネズミみたいな男《おとこ》は、ギョッとしてふりかえりました。街灯《がいとう》にてらされて、顔色《かおいろ》が真《ま》っ青《さお》なのがわかりました。

「な、な、何《なに》か用《よう》ですか。あなたはどなたなんですか。」

「さっき、あの店《みせ》の前《まえ》で、あなたが話《はな》していたことを聞《き》いていた者《もの》です。……申《もう》しおくれましたが、ぼくの名《な》はシャーロック・ホームズ。人《ひと》の知《し》らないことを知《し》ることを、仕事《しごと》にしている男《おとこ》です。」

「あなたが、わたしの何《なに》を知《し》っているというんです。」

むっとしていったネズミ男《おとこ》に、ホームズはほほえみながらいいました。

「なんでも知《し》っていますよ。たとえば、あなたが何《なに》をさがしているかも。それは、ブリクストン通《どお》りのオークショット夫人《ふじん》の元《もと》で生《う》まれ育《そだ》ち、ブレッキンリッジという店《みせ》に売《う》られ、そこからアルファという酒場《さかば》のウィンディゲートにおろされ、ヘンリー・ベーカー氏《し》をふくむガチョウクラブのメンバーに配《くば》られたガチョウでしょう。」

「えっ、それでは、あなたは……？」

びっくりしたようすの男《おとこ》に、ホームズは大《おお》きくうなずいてみせました。

「そう、あなたの知《し》りたいことを知《し》っている男《おとこ》です。どうです、こんな寒《さむ》いところではなく、どこかゆっくりできる部屋《へや》でお話《はな》ししませんか。」

いいながら、通《とお》りがかりの四輪馬車《りんばしゃ》をよびとめました。

すっかりホームズに感心《かんしん》したらしい男《おとこ》は、うなずくと、馬車《ばしゃ》に乗《の》ろうとしました。と、そこへ、

「おっと、その前《まえ》にあなたの名前《なまえ》をきいておかねばね。」

ホームズがたずねると、男《おとこ》はためらいながら目《め》をそらしました。

「わ、わたしはジョン・ロビンスンといいまして……。」

いいかけたとたん、ホームズがピシャリといいました。

「うそはいけませんね。あなたはジェームズ・ライダー、仕事《しごと》はコスモポリタン・ホテルの客室係《きゃくしつがかり》……さあ、ぎょ者《しゃ》*くん、ベーカー街《がい》まで、ひとっ走《ぱし》りたのむ！」

こうして、ぼくたち三人《にん》を乗《の》せた馬車《ばしゃ》は、ベーカー街《がい》二二一B《ビー》を目指《めざ》して出発《しゅっぱつ》したのでした。

＊ぎょ者《しゃ》…馬《うま》をあやつり、馬車《ばしゃ》を動《うご》かす人《ひと》。

6 死《し》んだガチョウがうんだもの

三十分後《ぷんご》、ぼくとホームズは、ベーカー街《がい》の部屋《へや》で、ジェームズ・ライダーと向《む》かいあっていました。

ライダーは、たいへんきんちょうしているらしく、ハアハアと息《いき》を切《き》らしたり、手《て》を開《ひら》いては、とじたりしていました。

「さてと、ライダーさん。」

ホームズは、明《あか》るくいいました。

「あなたは、あのガチョウがどうなったかを知《し》ろうとして、こまっておられたのですね。」

「はい、そうです。」

ライダーは答《こた》えました。ホームズがつづけます。

「あなたがさがしているのは、オークショット夫人《ふじん》が売《う》った中《なか》の一羽《わ》で、しっぽのところに黒《くろ》いすじが入《はい》った、白《しろ》いガチョウですか。」

「それです、それのことです！　そのガチョウは、いったいどこへ行《い》ってしまったのでしょうか。」

ライダーは、とうとうさけんでしまいました。

「ああ、それなら、ここへ来《き》ましたよ。」

「なんですって、ここへ!?」

「はい。それにしても、あのガチョウは、変《か》わっていますよ。何《なに》しろ死《し》んだあとで、こんなたまごをうんだのですからね。」

ホームズはそういうと、手元《てもと》の金庫《きんこ》から、光《ひか》りかがやく青《あお》いガーネットを取《と》りだしました。

ライダーはと見《み》れば、目《め》の前《まえ》にさがしていた物《もの》があるのに、手《て》は出《だ》せず。かといって知《し》らないふりもできずに、まよっているようすでした。

「どうしたね、ライダー。それこそ、おまえがさがしもとめていた宝石《ほうせき》、何《なに》も知《し》らない工事人《こうじにん》のホーナーに、無実《むじつ》の罪《つみ》を着《き》せてまで手《て》に入《い》れようとした、青《あお》いガーネットじゃないのかい。」

ホームズの言葉《ことば》に、ライダーは、はっとしたように顔《かお》を上《あ》げました。だらだらとあせを流《なが》しながら、じっとそのままのしせいでいましたが、やがて、頭《あたま》をかかえると、がっくりとうなだれてしまったのでした。

「ぼくには、もう事件《じけん》の、ほぼすべてがわかっている。だが、おまえの口《くち》から聞《き》いておきたいこともあるから、話《はな》してもらうよ。おまえはモーカル伯爵夫人《はくしゃくふじん》の青《あお》いガーネットのことを、どうやって知《し》ったんだ。」

ホームズに問《と》われて、ライダーはふるえ声《ごえ》で答《こた》えました。

「夫人《ふじん》のメイドのキャサリン・キューザックから聞《き》きました。」

「なるほどね。おまえは客室係《きゃくしつがかり》だったことから、キャサリンと知《し》り合《あ》い、宝石《ほうせき》のことを知《し》って、悪《わる》い気《き》を起《お》こしたのだな。おまえは、本当《ほんとう》の悪《あく》人《にん》ではないのかもしれないが、十分《じゅうぶん》その下地《したじ》はあったようだ。工事人《こうじにん》

のホーナーが、ぬすみでつかまったことがあるのを利用《りよう》し、かれを犯人《はんにん》に仕《し》立《た》てようとしたのだからな。そのために、夫人《ふじん》の部屋《へや》のだんろをこわして、ホーナーが修理《しゅうり》によばれるようにした。かれが帰《かえ》ったあとで、宝石箱《ほうせきばこ》をこじ開《あ》けてガーネットをぬすみ、メイドのキャサリンといっしょになって、ホーナーがやったかのようにさわぎたてた。おかげで、ホーナーはつかまってしまった。なのに、おまえは……。」

ホームズがきびしくいうと、ライダーはゆかに手《て》をついていいました。

「申《もう》しわけありません。わたしには父《ちち》も母《はは》もいます。こんなことをしたとわかったら、どんなに悲《かな》しむでしょう。どうか、警察《けいさつ》につきだすのだけはやめてください。こんなことは二度《ど》としません。」

「いすにもどりたまえ、ライダー。反省《はんせい》していることはわかったが、おまえのせいで、裁判《さいばん》にかけられているホーナーはどうなるのだ。」

「わたしは、わざと目立《めだ》つように外国《がいこく》に行《い》きます。わたしが急《きゅう》ににげだしたとわかれば、ホーナーのうたがいもはれるでしょうから。」

「よし、わかった。おまえが今後《こんご》どうなるかは、このあとの話《はなし》にして、この宝石《ほうせき》が、なんでまたガチョウのおなかの中《なか》に入《はい》って、関係《かんけい》のない人《ひと》の手《て》にわたったかを話《はな》してみたまえ。」

7 クリスマスにゆるされたもの

「何《なに》もかも、つつみかくさず、申《もう》しあげます。どうやって伯爵夫人《はくしゃくふじん》の青《あお》いガーネットをぬすみ、その罪《つみ》をホーナーになすりつけたかは、ホームズさんのおっしゃったとおりです。

ホーナーがつかまったと知《し》って、わたしはとにかく、宝石《ほうせき》をかくさねばと思《おも》いました。警察《けいさつ》がわたしの体《からだ》や部屋《へや》を調《しら》べて見《み》つかったら、おしまいです。

そこで思《おも》いついたのが、ガチョウやニワトリなど、食用《しょくよう》の鳥《とり》を飼《か》って、売《う》っている姉《あね》のことでした。オークショット夫人《ふじん》というのが、その名前《なまえ》です。

姉《あね》は、真《ま》っ青《さお》な顔《かお》をしてやってきたわたしのことを、心配《しんぱい》してくれましたが、まさかぬすんだ宝石《ほうせき》をあずけるわけにもいきません。そこで思《おも》いだしたのが、知《し》り合《あ》いのモーズリーという悪《わる》い男《おとこ》でした。これまでに、ろう屋《や》にも入《はい》ったことのあるこいつなら、宝石《ほうせき》どろぼうのてつだいくらい、してくれそうだと思《おも》ったのです。

でも、どうやって、宝石《ほうせき》をモーズリーのところまで持《も》っていくか。ここまで来《く》ることさえ、警官《けいかん》にとがめられそうで、本当《ほんとう》に気《き》が気《き》でなかったのです。

姉《あね》が、うら庭《にわ》で飼《か》っているガチョウたちが、ひょこひょこ歩《ある》いているのを見《み》ているうち、すばらしいアイデアを思《おも》いつきました。

（そうだ、姉《あね》は「クリスマスになったら、うちで飼《か》っているガチョウを一羽《わ》あげるよ」といってくれていた。そのガチョウの中《なか》にかくして、運《はこ》べばいいんだ！）

わたしは、さっそく目《め》についた、しっぽに黒《くろ》いすじの入《はい》ったガチョウをつかまえ、無理《むり》やりに宝石《ほうせき》をおしこみました。ごっくんと飲《の》みくだしたので、上《うえ》からさわってみると、うまくえぶくろにおさまったようです。

ところが、そのときガチョウが、びっくりしてあばれたので、姉《あね》が何事《なにごと》かと出《で》てきてしまいました。わたしはあわてて、

『姉《ねえ》さん、おれにくれるといっていたガチョウね。あれをもらって帰《かえ》ってもいいかね。あの、白《しろ》くてしっぽに黒《くろ》いすじの入《はい》ったやつさ。』

『まあ、あんなのでいいのかい。あんたのために、いちばん太《ふと》ったのをとっておいたんだから、それにしなさいよ。』

『いや、あれでなきゃいけないんだよ。』

『そうかい？　じゃあ、つかまえて持《も》って帰《かえ》るといいよ。』

これ以上《いじょう》、姉《あね》にあやしまれてはいけないので、大急《おおいそ》ぎでガチョウをつかまえ、モーズリーのところへ持《も》っていきました。

ところが、ガチョウのおなかを開《ひら》いても、何《なに》も見《み》つからないのです。

びっくりして中《なか》をかきまわしましたが、石《いし》ころ一《ひと》つ、出《で》てきません。

これはいったいどういうことかと、わたしはあわてて姉《あね》の元《もと》にもどりました。ところが、あんなにいっぱいいたガチョウが一羽《わ》もいないではありませんか！


『ね、姉《ねえ》さん、うら庭《にわ》のガチョウはどうしたの。』

わたしは、ドキドキしながら、たずねました。

『え？　そんなの店《みせ》に送《おく》ったに決《き》まってるじゃない。』

『ええ、もう送《おく》ってしまったのかい？　なんてこった。そ、その中《なか》に、おれがもらったみたいな、しっぽに黒《くろ》いすじの入《はい》ったのはいた？』

『そういえば、もう一羽《わ》いたわねえ。どっちがどっちだか、わたしや夫《おっと》のオークショットにも、区別《くべつ》がつかないくらいだったわ。』

姉《あね》は、のんきにわらってみせたのですが、わたしはこのとき、とんでもないまちがいをしたことに気《き》づきました。

『ガ、ガチョウはどこの店《みせ》に送《おく》ったの？』

『コベントガーデンの、ブレッキンリッジさんのところだよ。』

そう聞《き》いて、すぐあの男《おとこ》のところにかけつけたのですが、もうべつの店《みせ》におろしてしまっていました。どこに売《う》ったのか、いくらたずねても、へそを曲《ま》げたのか教《おし》えてくれないのです。ホームズさんたちが、ごらんになったように、ついさっきも行《い》ったのですが、だめでした。

わたしの話《はなし》は、これでおしまいです。ホーナーは無実《むじつ》です。宝石《ほうせき》はもちろん、お返《かえ》しします。でも、このあと、わたしはいったいどうすればいいのでしょう！」

ライダーは、両手《りょうて》を顔《かお》に当《あ》てると、なきくずれてしまいました。

そのあとは、だれも口《くち》をききませんでした。聞《き》こえるのは、ライダーの息《いき》づかいと、ホームズがテーブルを指《ゆび》でたたく音《おと》だけ。

やがて、ホームズがすっと立《た》ちあがると、入《い》り口《ぐち》のドアを開《あ》けました。

そして、短《みじか》くするどく、こういったのです。

「出《で》ていきたまえ。」

「はい？　あっ、ありがとうございます！」

ほんのわずかな間《あいだ》、あっけにとられたあと、ライダーはバタバタと部《へ》屋《や》をとびだし、階段《かいだん》をかけおりていきました。

しばらくして、ホームズはパイプに手《て》をのばしながら、いいました。

「まあ、べつにぼくは警察《けいさつ》のてつだいをして、かれらがとりにがした犯《はん》人《にん》をつかまえるのが仕事《しごと》じゃないからね。ホーナーが*有罪《ゆうざい》になるのは、なんとしても止《と》めなくてはならないが、ライダーが外国《がいこく》へにげれば、うたがいはそちらにいくだろうしね。」

「だが、ライダーを、あのままにしておいてもよかったのかい。」

ぼくがきくと、フーッとたばこのけむりをはきながら、いいました。

「そう……だが、かれを見《み》ていると、ちゃんと反省《はんせい》すれば、二度《ど》と悪《わる》いことはしないように思《おも》ったし、刑務所《けいむしょ》に送《おく》ることで、かえってよくない結果《けっか》になるような気《き》もしたんだ。

それにワトスン、もうすぎてしまってはいるけれど、クリスマスといえば、人《ひと》をゆるすときじゃないか。なんのごほうびもないけれど、事件《じけん》を解決《かいけつ》できたことが、われわれへのプレゼントさ。さあ、家主《やぬし》のハドスンさんにたのんで、ヤマシギの夜食《やしょく》をいただくとしようよ。」

ホームズは、にっこりとほほえむと、いいました。

こうして、クリスマスのガチョウをめぐる、世《よ》にもおかしな事件《じけん》は、無事《ぶじ》にまくをとじたのでした。

（「ガチョウと青《あお》い宝石《ほうせき》」おわり）

＊有罪《ゆうざい》…裁判《さいばん》で、罪《つみ》があるとみとめられること。

物《もの》語《がたり》について

シャーロック・ホームズとともに～「ガチョウと青《あお》い宝石《ほうせき》」ほか

編著《へんちょ》・芦辺《あしべ》 拓《たく》

名探偵《めいたんてい》ホームズの名《な》はしだいに知《し》れわたり、ロンドン警視庁《けいしちょう》からたよりにされるようになりましたし、あるお話《はなし》では外国《がいこく》の王様《おうさま》からじきじきに捜査《そうさ》をたのまれたほどです。そんなホームズのすてきなところは、こまっている人《ひと》はいつでも助《たす》けてくれるし、どんなささいな事件《じけん》にも知恵《ちえ》と力《ちから》を出《だ》しおしみしない点《てん》です。短編集《たんぺんしゅう》『シャーロック・ホームズの冒険《ぼうけん》』からえらんだ今回《こんかい》の二作《さく》には、そのことがよくあらわれています。

「ブナの木《き》館《やかた》のきょうふ」では、住《す》みこみの家庭教師《かていきょうし》をしている女性《じょせい》が依頼人《いらいにん》です。いつもにこにこしている館《やかた》の主人《しゅじん》から、かのじょが高《たか》い給料《きゅうりょう》と引《ひ》きかえに命《めい》じられたのは、髪《かみ》の毛《け》を切《き》れ、変《か》わった色《いろ》の服《ふく》を着《き》ろ、まどに背《せ》を向《む》けていすに

すわれ、などとへんなことばかり。おまけに、おそろしい猛犬《もうけん》は庭《にわ》をうろついているし、決《けっ》して入《はい》ってはいけない建物《たてもの》はあるし、いったいなんなのでしょう。

このなぞ解《と》きも見事《みごと》ですし、とりわけ館《やかた》での冒険《ぼうけん》はスリル満点《まんてん》ですが、もしホームズが、かのじょの相談《そうだん》に親身《しんみ》に乗《の》っていなかったら、どうなっていたでしょう。

「ガチョウと青《あお》い宝石《ほうせき》」では、クリスマスから一年《ねん》の終《お》わりにかけてのにぎやかなふんいきの中《なか》で起《お》きた、ふしぎな事件《じけん》をえがきます。とんでもないところで見《み》つかった宝石《ほうせき》から、するするとたぐりよせられる真相《しんそう》のおもしろいこと。

このお話《はなし》を見《み》ると、ホームズがロンドンの働《はたら》く人《ひと》たちから信頼《しんらい》されているのがわかりますね。短気《たんき》な問屋《とんや》の主人《しゅじん》から情報《じょうほう》を聞《き》きだすテクニックもうまいものですし、無実《むじつ》の罪《つみ》でとらえられた容疑者《ようぎしゃ》ばかりか、真犯人《しんはんにん》にも見《み》せる気《き》づかいは、かれがするどい頭脳《ずのう》だけでなく、あたたかい心《こころ》の持《も》ち主《ぬし》であることを、しめしています。

このシリーズはまだまだつづきます。では、また次《つぎ》の本《ほん》でお会《あ》いしましょう。

もっと もっと
お話《はなし》を読《よ》みたい子《こ》に…

10歳《さい》までに読《よ》みたい世界名作《せかいめいさく》 シリーズ

ここでも読《よ》める！ ホームズのお話《はなし》

名探偵《めいたんてい》 シャーロック・ホームズ

世界一《せかいいち》の名探偵《めいたんてい》ホームズが、とびぬけた推《すい》理力《りりょく》で、だれも解決《かいけつ》できないおかしな事件《じけん》にいどむ！ くりだされるなぞ解《と》きと、犯《はん》人《にん》との対決《たいけつ》がスリル満点《まんてん》。

ISBN978-4-05-204062-7

事件《じけん》 File《ファイル》 01 まだらのひも

ホームズの部屋《へや》へ来《き》た女《おんな》の人《ひと》が話《はな》した、おそろしい出来事《できごと》。夜中《よなか》の口笛《くちぶえ》、決《けっ》して開《あ》かないまど、ふたごの姉《あね》が死《し》ぬ前《まえ》に口《くち》にした言葉《ことば》「まだらのひも」とは何《なに》か……!?

事件《じけん》 File《ファイル》 02 六《むっ》つのナポレオン

あちこちの店《みせ》や家《いえ》で、次々《つぎつぎ》にこわされる、安物《やすもの》のナポレオン像《ぞう》。ただのいたずらなのか、それとも何《なに》か理由《りゆう》があるのか？ やがて４つ目《め》の像《ぞう》がこわされたときに、悲劇《ひげき》が起《お》こる！

ほか 全《ぜん》３作品《さくひん》を収録《しゅうろく》

お話《はなし》がよくわかる！
『物語《ものがたり》ナビ』が大人気《だいにんき》

カラーイラストで、登場人物《とうじょうじんぶつ》やお話《はなし》のことが、すらすら頭《あたま》に入《はい》ります。

ISBN978-4-05-204190-7

こっちもおもしろい！ ルパンのお話《はなし》

怪盗《かいとう》 アルセーヌ・ルパン

大金持《おおがねも》ちから盗《ぬす》みをはたらくが、弱《よわ》い人《ひと》は助《たす》ける怪盗紳士《かいとうしんし》、アルセーヌ・ルパン。
あざやかなトリックで、次々《つぎつぎ》に世界中《せかいじゅう》の人《ひと》をびっくりさせる事件《じけん》を起《お》こす！

ほか全《ぜん》２作品《さくひん》
＋
物語《ものがたり》ナビつき

Episode 01 怪盗《かいとう》ルパン対悪魔男爵《たいあくまだんしゃく》

（エピソード）

古城《こじょう》に住《す》む男爵《だんしゃく》にとどけられた、盗《ぬす》みの予告状《よこくじょう》。差出人《さしだしにん》は、刑務所《けいむしょ》にいるはずのアルセーヌ・ルパン！ ろう屋《や》の中《なか》のルパンが、どうやって美術品《びじゅつひん》を盗《ぬす》むというのか!?

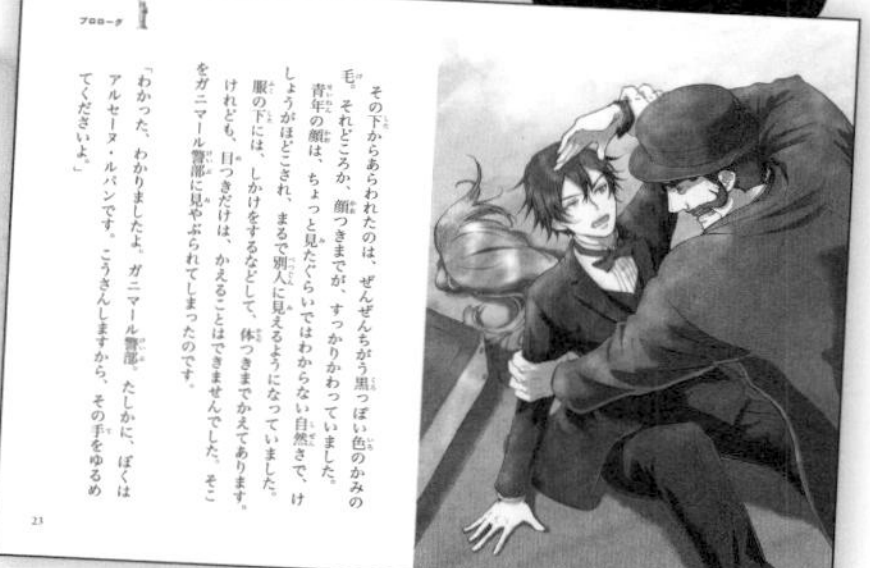
プロローグ

その下からあらわれたのは、ぜんぜんちがう黒っぽい色のかみの毛。それどころか、顔つきまでが、すっかりかわっていました。
青年の顔は、ちょっと見たぐらいではわからない自然さで、けしょうがほどこされ、まるで別人に見えるようになっていました。服の下には、しかけをするなどして、体つきまでかえてあります。けれども、目つきだけは、かえることはできませんでした。そこをガニマール警部に見やぶられてしまったのです。
「わかった、わかりましたよ。ガニマール警部。たしかに、ぼくはアルセーヌ・ルパンです。こうさんしますから、その手をゆるめてくださいよ。」

23

10歳《さい》までに読《よ》みたい 世界名作《せかいめいさく》 シリーズ

赤毛のアン　トム・ソーヤの冒険　オズのまほうつかい　ガリバー旅行記　若草物語　名探偵シャーロック・ホームズ

小公女セーラ　シートン動物記「オオカミ王ロボ」　アルプスの少女ハイジ　西遊記　ふしぎの国のアリス　怪盗アルセーヌ・ルパン　ひみつの花園　宝島　あしながおじさん

アラビアンナイト シンドバッドの冒険　少女ポリアンナ　ロビンソン・クルーソー　フランダースの犬　岩くつ王　家なき子　三銃士　王子とこじき　海底二万マイル

ナルニア国物語 ライオンと魔女　十五少年漂流記　長くつ下のピッピ　ロスト・ワールド　レ・ミゼラブル ああ無情　三国志　ドリトル先生大航海記

この次《つぎ》何読《なによ》む？

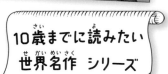

編著　**芦辺 拓**（あしべ　たく）
1958年大阪市生まれ。同志社大学卒業。読売新聞記者を経て『殺人喜劇の13人』で第１回鮎川哲也賞受賞。主に本格ミステリーを執筆し『十三番目の陪審員』『グラン・ギニョール城』『紅楼夢の殺人』『奇譚を売る店』など著作多数。《ネオ少年探偵》シリーズ、《10歳までに読みたい世界名作》シリーズ6巻『名探偵シャーロック・ホームズ』、12巻『怪盗アルセーヌ・ルパン』、24巻『海底二万マイル』（以上、Gakken）など、ジュヴナイルやアンソロジー編纂・編訳も手がける。

絵　**城咲 綾**（しろさき　あや）
漫画家、イラストレーター。主な作品に《マンガジュニア名作》シリーズ『トム・ソーヤーの冒険』、《マンガ百人一首物語》シリーズ、『10歳までに読みたい世界名作6巻 名探偵シャーロック・ホームズ』（以上Gakken）、イラストに『コミックスララ』（タカラトミー）など。

原作者

コナン・ドイル

1859年生まれの、イギリスを代表する推理小説家。1891年に雑誌『ストランド・マガジン』でホームズの連さいを始め、以後全60作品を書きあげた。世界一有名な名探偵、シャーロック・ホームズの生みの親。

写真提供/Gakken写真資料

10歳までに読みたい名作ミステリー

名探偵シャーロック・ホームズ ガチョウと青い宝石

2016年９月６日　第１刷発行
2024年11月７日　第10刷発行

原作／コナン・ドイル
編著／芦辺 拓
絵／城咲 綾
装幀デザイン／相京厚史・大岡喜直(next door design)
巻頭デザイン／増田佳明（next door design)

発行人／土屋 徹
編集人／芳賀靖彦
企画編集／髙橋美佐　石尾圭一郎　松山明代
ＤＴＰ／株式会社アド・クレール
発行所／株式会社Gakken
〒141-8416 東京都品川区西五反田2-11-8
印刷所／株式会社広済堂ネクスト

VEGETABLE OIL INK
この本は環境負荷の少ない下記の方法で制作しました。
●製版フィルムを使用しないCTP方式で印刷しました。
●一部ベジタブルインキを使用しました。
●環境に配慮して作られた紙を使用しています。

この本に関する各種お問い合わせ先
●本の内容については、下記サイトのお問い合わせフォームよりお願いします。
https://www.corp-gakken.co.jp/contact/
●在庫については　Tel 03-6431-1197（販売部）
●不良品（落丁、乱丁）については　Tel 0570-000577
学研業務センター
〒354-0045 埼玉県入間郡三芳町上富279-1
●上記以外のお問い合わせは
Tel 0570-056-710（学研グループ総合案内）

NDC900　170P　21cm

学研グループの書籍・雑誌についての新刊情報・詳細情報は、下記をご覧ください。
学研出版サイト　https://hon.gakken.jp/

物語《ものがたり》を読《よ》んで、
想像《そうぞう》のつばさを
大《おお》きく羽《は》ばたかせよう！
読書《どくしょ》の幅《はば》を
どんどん広《ひろ》げよう！

シリーズキャラクター
「名作《めいさく》くん」

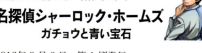